Coragem para lutar

William S.
Prescott

Coragem para lutar

Supere a dor e vença a
luta em seu cotidiano

Tradução de
Fernanda Ruiz

Prefácio de
Nolan Ryan

MAGNITU^{D}DE

MAGNITU^DDE

Coragem para lutar – Supere a dor e vença a luta em seu cotidiano
Título original: Courage to Fight
Copyright © 2011 William S. Prescott
Copyright desta tradução @ 2013 by Lúmen Editorial
Portuguese Language Edition arranged through Amer-Asia Books, Inc.
(www.globalbookrights.com) & Montse Cortazar Literary Agency (www.montsecortazar.com).
All rights reserved.

Magnitudde é um selo da Lúmen Editorial Ltda.

1ª edição - maio de 2014

Direção editorial: Celso Maiellari
Direção comercial: Ricardo Carrijo
Coordenação editorial: Sandra Regina Fernandes
Preparação de originais: Roberta de Oliveira Stracieri
Revisão: Sandra Regina Fernandes
Projeto gráfico, capa e diagramação: Casa de Ideias
Impressão e acabamento: Gráfica Paym

Dados Internacionais de Catalogação na Publicação (CIP)
(Câmara Brasileira do Livro, SP, Brasil)

Prescott, William S.
 Coragem para lutar : supere a dor e vença a
luta em seu cotidiano / William S. Prescott ;
tradução de Fernanda Ruiz ; prefácio de Nolan
Ryan. – 1. ed. – São Paulo : Magnitudde, 2014.

 Título original: Courage to fight.
 ISBN 978-85-65907-17-0

 1. Autoestima 2. Autoajuda – Técnicas
3. Coragem 4. Depressão – Tratamento 5. Superação
I. Ryan, Nolan. II. Título.

14-03057   CDD-158.1

Índices para catálogo sistemático:
1. Depressão : Autoajuda : Psicologia aplicada 158.1

Lúmen Editorial Ltda.
Rua Javari, 668 • São Paulo - SP • CEP 03112-100 • Tel/Fax (0xx11) 3207-1353

visite nosso site: www.lumeneditorial.com.br
fale com a Lúmen: atendimento@lumeneditorial.com.br
departamento de vendas: comercial@lumeneditorial.com.br
contato editorial: editorial@lumeneditorial.com.br
siga-nos nas redes sociais:
twitter: @lumeneditorial
facebook.com/lumeneditorial1

2014
Proibida a reprodução total ou parcial desta obra sem prévia autorização da editora
Impresso no Brasil – Printed in Brazil

Para aqueles que estão sofrendo, confusos, em dúvida e sozinhos. Sua vida não é sem sentido. Você é especial. Há um plano maior do que este que o momento atual está lhe mostrando. Este livro é um testemunho desse fato.

SUMÁRIO

Prefácio 9
Agradecimentos 11
Introdução 15
Prólogo 17
Capítulo 1 Adversidade 19
Capítulo 2 Medo 45
Capítulo 3 Atitude 75
Capítulo 4 Crítica 97
Capítulo 5 Perda 123
Capítulo 6 Sucesso verdadeiro 151
Capítulo 7 Objetivos 175
Capítulo 8 Fraquezas 205

Epílogo 229
Notas 233
Sobre o autor 247

PREFÁCIO

Conheci William Prescott na primavera de 2006, quando ele começou a trabalhar como preparador físico na organização dos Houston Astros. Naquela época, tornei-me um grande defensor do seu programa de desempenho esportivo e capacidade de liderança. Desde então, tenho seguido a carreira de William e continuo impressionado com a sua capacidade de desenvolver atletas de elite. Na época, não sabia que William lutava diariamente contra depressão, ansiedade e problemas emocionais nem que essas questões podiam dificultar a sua capacidade de levar uma vida produtiva. O que torna a história de William notável e inspiradora é a sua jornada para gerenciar e superar esses demônios que tentavam incapacitá-lo a alcançar o sonho de sua vida.

Em *Coragem para lutar*, William compartilha abertamente suas dolorosas batalhas contra sua depressão grave, ansiedade paralisante e várias dificuldades emocionais. É um relato honesto, sincero e revelador de como ele lutou contra esses demônios internos destrutivos e, ao mesmo tempo, perseguiu e alcançou o seu sonho de ser técnico universitário e profissional de atletismo. Lutando pela própria sobrevivência e bem-estar, William descobriu um método simples, mas eficaz, para lidar com o seu tormento interno. Ele leu autobiografias dos maiores técnicos de esportes de todos os tempos e foi inspirado e motivado por muitas de suas histórias. Aprendendo com os seus desgostos, tragédias e lutas, William discerniu princípios específicos para lidar com seus problemas e construiu um processo de apoio e orientação para passar triunfantemente por essas dificuldades desafiadoras. Ele entrelaça sua jornada pessoal com as histórias desses técnicos, para provar que, não importa o quão grave nossos problemas são, eles não devem ditar o que podemos nos tornar.

Coragem para lutar não é apenas um livro para pessoas que lidam com a depressão e a ansiedade nem é apenas para atletas ou técnicos. Os obstáculos emocionais e mentais descritos neste livro podem impedir qualquer um de nós de alcançar seu potencial pleno, pois eles nos afetam de alguma forma. Este livro vai ajudar qualquer pessoa, de qualquer idade, sexo ou estilo de vida, a enfrentar os medos que limitam a sua realização pessoal. É uma inspiração para lutar suas próprias batalhas, para aprender e crescer em sua própria jornada, e viver a vida que se está destinado a viver.

Nolan Ryan
CEO e Presidente, Texas Rangers

AGRADECIMENTOS

Este livro não teria sido possível sem a ajuda, o apoio e a inspiração de inúmeras pessoas. Aqui está a minha tentativa de gratidão, embora as palavras não consigam articular adequadamente o meu apreço. Sou profundamente grato a cada um de vocês.

Dou graças à iniciativa de Deus por ter me colocado, contra minha vontade, nessa jornada, mas da qual sou muito grato por ter participado.

Para Katie Ann. Escrevi a seguinte nota no diário em 24 de outubro de 2002:

> Quero uma menina que seja bonita, mas que tenha caráter e confiança elevada. Alguém que escolha ficar comigo, não apenas por eu ser o único disponível. Alguém que ame quem ela é, e me ame por quem eu sou. Alguém que esteja determinada a fazer algo especial em sua vida, mas que tenha valores do que é realmente importante. Alguém que seja divertida,

mas realista. Alguém que me ajude a me entender melhor. Alguém que se preocupe com as pequenas coisas. Essa pessoa será o meu verdadeiro amor e a pessoa mais bonita do mundo.

Você é tudo o que eu sempre imaginei e muito mais. Você é o amor da minha vida, aquela que eu estava procurando, aquela com quem sonhei. Eu te amo.

Meu amor e agradecimento à minha mãe e ao meu pai. Obrigado por me amarem, por nunca terem desistido de mim, e por nunca terem feito eu me sentir fraco ou inferior por causa das minhas lutas. O amor e apoio de vocês salvaram a minha vida. Amo vocês

Gostaria de agradecer o meu extraordinário círculo de amigos mais queridos : Bob Cash, por cuidar da minha saúde emocional e espiritual; Kevin Clark, por me aguentar de várias formas ao longo dos anos; Kenny Clark pelos conselhos e apoio.

Devo um agradecimento especial aos numerosos indivíduos que beneficiaram este livro em aspectos cruciais: Dr. William Larson, Steve Warren, Mary Hollingsworth, Rhonda Lowry, Avery Holton, Jessica Rutland, Tamara Cash e Dr. Scott Broberg. Particularmente quero agradecer a Reid Ryan, Reese Ryan e Nolan Ryan por permitirem gentilmente que eu use o Dell Diamond como um centro de treinamento, o que, como resultado, me trouxe a oportunidade de escrever este livro.

Meu sincero agradecimento aos meus mentores e colegas no campo de desempenho esportivo – *os melhores e os mais brilhantes*: Dan Pfaff, Vernon Banks, Lance Hooton, René

Peña, Dr. Ross Bomben, Jonas Sahratian, Irving Schexnayder, Mario Sategna e Vince Anderson.

Sou especialmente grato aos atletas com os quais tive a honra de trabalhar de perto: Dominic Ramos, Kristen Zaleski, Alan Zinter, Cody Rescue, Brian Gordon, Chad Rhoades, Brandon Puffer, John Danks, Brent Clevlen, Mike Epping, Mark Saccomanno, Ryan McKeller, Bruce Chen, Jordan Danks, Ryan Langerhans, Casey Daigle, Donnie Joseph, Brandt Walker e Micah Gibbs.

Um sincero agradecimento às dezenas de atletas e técnicos da Universidade do Estado do Texas, Universidade de Nova Orleans, Houston Astros e Texas Rangers. Obrigado pela sua inestimável ajuda e apoio a mim. Um agradecimento especial a Larry Leverman, Brenda Burgess, Dacia Mackey, Suzanne Fox, Karen Chisum, Tracy McWilliams, Ricci Woodard, Nate Lucero, Royce Huffman, Jackie Moore, Joe McEwing, Buzz Williams, Jim Miller, Tom Walter, Chris Brazelton e Bill Richardson.

Apesar de só ter conhecido as seguintes pessoas nos meus sonhos, incontáveis foram as inspirações evocadas de Pat Tillman, Abraham Lincoln, John F. Kennedy (Ted Sorensen), Thomas Jefferson, Winston Churchill, George W. Bush, Elvis Presley, Bruce Springsteen, Chuck Berry, Phil Jackson, Joe Torre e dos homens e mulheres das Forças Armadas.

Não há um dia sequer que eu não tire forças das memórias de Presley, do vovô e da vovó Prescott, do vovô e da vovó Burkland, do tio Bub, da tia Sug, do tio Bill, do tio Frank, de Boy Frank e da tia Sis.

Obrigado, obrigado, obrigado a Tina Jacobson, Michele Tennesen e Diane Morrow, do Grupo B & B Media, e ao Justin Sachs, da Imprensa Motivacional, por terem me dado uma chance e por acreditarem em mim neste projeto.

Por fim, quero expressar a minha gratidão a várias pessoas que desempenharam papéis complicados na minha vida ao longo destes anos: Tony Moreno, Meagan Luhrman, Dr. Kevin Spencer, Tim Hawks, John Sterling, Kenny Bufton, Monty Gibson, Dr. James Pohl, Phillip Tyler, Luis Cantu, tia Marie e tio Jerry.

INTRODUÇÃO

Este é um livro sobre a superação dos mais poderosos inimigos: a dor e o sofrimento. Embora seja compreensível pensar, diante de dificuldades e sofrimento, que toda a esperança está perdida, que não há razão para continuar, que sua vida é insignificante, posso dizer com certeza que tais sentimentos são falsos. É sempre possível encontrar a felicidade e obter realizações.

Entretanto, sou plenamente consciente de como é difícil continuar quando tudo dentro de nós nos diz para parar. Sei como é difícil se esforçar quando você sente que não há esperança. Sei o quão assustador é tentar algo novo, quando tudo que você vê pela frente é o desconhecido.

Alguns dirão que a execução dessas ações não é de fato um triunfo. Mas essas proezas são fáceis apenas para aqueles que não suportam a luta. Para lutar voluntariamente contra os desejos de se render e se recusar a tomar o caminho mais confortável e fácil, esta é a mais corajosa das decisões.

Felizmente, você não tem de entrar neste caminho sozinho. As páginas a seguir trazem histórias, ideias e inspirações que vão lhe ajudar a buscar coragem para se levantar, firmar o seu equilíbrio e marchar adiante. Treinar com grandes nomes como Phil Jackson, Bill Walsh, Joe Torre, John Wooden e Tony Dungy e suas histórias vai ajudá-lo a lidar com suas lutas e a desafiar as vozes internas que lhe dizem para tomar o caminho mais fácil, menos problemático de retirada e submissão.

Não é minha intenção, compartilhando minha história, inferir que as minhas lutas são mais difíceis ou mais significativas do que as da maioria das pessoas, ou que o que tenho conseguido é mais notável que o sucesso de outros. Pelo contrário, a minha intenção é ilustrar, sem sombra de dúvida, que até mesmo os indivíduos mais fracos, os mais falhos e ordinários possuem a força e a coragem necessária para superar seus problemas e viver a vida que sempre sonharam.

Quando somos engolidos por dor e sofrimento, a nossa coragem é maior do que em qualquer outro momento da nossa vida. Não se sentir capaz de continuar, ou sentir que não há qualquer razão para continuar, deve ser o estímulo para se manter na luta com audácia. Eu compartilho sua luta, mas vamos também compartilhar em ação, em coragem e na persistência. Vamos nos recusar a ser cativos das nossas vozes negativas. Vamos aspirar a ser o que os nossos corações desejam.

PRÓLOGO

Conheço a dor de viver a vida com medo. Conheço a crueldade de perder toda a confiança em mim mesmo. Conheço o desespero de segurar uma faca na minha mão só para sentir que posso controlar a forma como a minha vida vai acabar, por não poder mais controlar como vivê-la. Conheço a vergonha de viver com tal abundância de humilhação que a minha própria reflexão me enoja. Conheço a raiva que me levou a amaldiçoar o meu nascimento e até mesmo o Deus que me fez. Conheço o tormento de sonhos desfeitos e esperanças esmagadas. Conheço todas essas coisas. Conheço-as pessoalmente. Conheço-as bem. Elas têm sido coletivamente uma provação terrível de suportar, e, ainda assim, devo dizer, sou grato.

CAPÍTULO 1
ADVERSIDADE

A manhã de verão quente, brilhante e maravilhosa de 15 de julho de 1998 não havia dado nenhum indício das nuvens escuras e cheias de tempestade que estavam por vir. Faltavam cinco dias para o meu aniversário de dezoito anos e eu estava retornando para Austin, Texas, depois de ter passado as minhas férias com meus pais e minha namorada em South Padre Island. Enquanto esperava no estacionamento do hotel para iniciar uma viagem de oito horas até chegar a casa, pensamentos escuros e sinistros de repente povoaram minha mente, pensamentos que não pareciam pertencer a mim.

Não vou conseguir chegar a casa. Algo terrível vai acontecer comigo. Eu vou morrer.

Não sabia de onde vinham aqueles pensamentos, mas pareciam sensatos, como se eu tivesse tido uma premonição das coisas que estavam por vir – um presságio da morte iminente que iria encontrar em algum lugar ao longo da minha jornada de volta para casa.

Assim que entrei no carro, sentimentos de medo e ansiedade intensos tomaram conta de mim. Comecei a me sentir fisicamente debilitado. Após menos de duas milhas de estrada, tive de pedir para o meu pai parar o carro para que eu pudesse sair e vomitar.

Sentindo-me aliviado, pensei que tudo ficaria bem, que minha ansiedade esmagadora tivesse sido simplesmente o resultado de um estômago enjoado. Mas, quando voltei para o carro, os mesmos sentimentos de medo e ansiedade retornaram, ainda mais intensos do que antes. Durante os primeiros trinta minutos daquela viagem de carro, experimentei a maior agonia da minha vida. Senti-me mal do estômago, meu coração estava acelerado e minha mente girava fora de controle com pensamentos horríveis.

Podia sentir a presença da morte, como se suas mãos frias e esqueléticas estivessem me abraçando. É assim que se sente a morte? Estou morrendo? O que está acontecendo comigo? Meu pai parou o carro novamente para que eu voltasse ao normal, mas eu não conseguia me acalmar.

Faltavam sete horas de viagem e eu tinha a sensação de que não chegaríamos a casa. Não contei a ninguém sobre a minha premonição da tragédia; ao contrário, fiquei repetindo o quão doente estava me sentindo. Quase pedi aos meus pais para que me levassem a um hospital, mas estávamos em um trecho vazio da estrada, a quilômetros de qualquer cidade. Esse pensamento só exacerbou a minha ansiedade. Fiquei lá sentado, preso em um momento que parecia estender-se pela eternidade. Estava preso em minha própria cabeça, torturado pelo intenso sofrimento físico e emocional, os quais me tornavam totalmente impotente para o que quer que fosse.

Após uma hora de viagem, a ansiedade, o medo e a angústia me deixaram. Os sentimentos desapareceram com a mesma rapidez com que haviam chegado. Pensei que o meu calvário havia terminado, um desconforto que nunca mais voltaria. Mas, para o meu horror, o episódio apenas serviu como um prelúdio para as coisas horríveis que ainda estavam por vir.

Nos dias que se seguiram, experimentei os mesmos sentimentos de terror, apreensão e debilidade física cada vez que entrava em um carro. Mesmo meus poucos minutos de carro para o trabalho eram demais para mim. Chegava ao trabalho tão abalado e debilitado que precisava dizer ao meu chefe que não poderia trabalhar naquele dia.

Na noite do meu aniversário de dezoito anos, meus pais, minha namorada e eu fomos ao meu restaurante mexicano favorito para comemorar, mas o trajeto até o restaurante (e a preocupação com a volta para casa) me deixou tão apavorado, que durante o jantar eu simplesmente olhei para a minha comida. Sentia-me muito nervoso para dar uma mordida. A noite foi um desastre. Em vez de comemorar a minha transição para a idade adulta, passei os dias que se seguiram preso em casa, com muito medo de sair.

Desesperado para corrigir o que estava errado comigo, fui a algumas consultas com alguns médicos. Visto que entrar no carro sempre me deixava enjoado, explicava aos médicos que o meu estômago estava me incomodando. Não mencionava a ansiedade, o medo e os pensamentos funestos que precediam e acompanhavam a náusea. Tinha muita vergonha de falar sobre isso. Eles pensariam que eu era louco. Eles pensariam que eu não era homem. Já me sentia fraco e inadequado. Agarrei-me na esperança de que talvez fosse um problema de estômago que estivesse realmente causando toda aquela ansiedade. Senti-me aliviado quando um dos médicos pensou que eu estava sofrendo de refluxo gástrico. Mas minhas esperanças de que o problema era apenas físico foram logo perdidas. Tomar a medicação para o refluxo não ajudou. Sempre que saía de casa, o mal-estar surgia, e fui ficando cada vez mais preocupado, sem saber o que havia de errado comigo. Sabia que tinha de contar a alguém sobre o segredo que estava guardando ao longo das últimas duas semanas.

Com relutância, disse aos meus pais sobre os pensamentos e medos que vinha experimentando. Sem hesitar, recomendaram que eu fosse procurar um psiquiatra. A ideia de falar com um "psiquiatra" me incomodou. No entanto, não queria continuar vivendo como um prisioneiro, confinado à minha casa por medo. Talvez um psiquiatra pudesse me ajudar a corrigir o problema. O sentimento de autopreservação venceu o orgulho, e assim procurei ajuda psiquiátrica.

No dia 3 de agosto, na minha primeira consulta, quando disse à psiquiatra pelo que estava passando, não demorou muito para ela identificar o problema: Eu estava tendo ataques de pânico acompanhados por agorafobia. Saí do consultório otimista. A visita a um psiquiatra tinha sido mais fácil do que eu pensava, embora ter sido diagnosticado com um transtorno de ansiedade tenha sido um pouco embaraçoso. Mas pelo menos agora eu sabia qual era o meu problema. E isso me fez acreditar que a cura seria tão simples como tomar uma pílula.

NO FINAL DAQUELE MÊS DE AGOSTO, comecei o meu primeiro ano na Universidade Concordia, em Austin, Texas, onde, além das minhas aulas, estava envolvido em sessões de treinos de pré-temporada com o time de futebol. Desde os meus dez anos de idade sonhava em jogar futebol na faculdade, e agora o sonho estava se tornando realidade.

Mas os meus ataques de pânico eram implacáveis, como era o medo de que eu tivesse um a qualquer momento. Minhas sessões de terapia semanais e a medicação ajudaram a reduzir a minha ansiedade, o suficiente para que eu conseguisse ficar dentro de um carro por quinze minutos até chegar à faculdade, mas eu ainda era aterrorizado por pensamentos catastróficos. Minhas ansiedades eram tão graves que a minha mãe precisou me levar ao primeiro treino de futebol e esperar no carro até que o treino acabasse, apenas no caso de algo ruim acontecer.

O que eu esperava ser o melhor momento da minha vida estava se transformando em um pesadelo. Meu sonho de jogar futebol na faculdade estava acontecendo, mas apenas parcialmente. Joguei todos os jogos em casa, mas nunca viajei com a equipe para outros lugares. Estava sempre apavorado demais para ir. O fato é que eu mal podia dirigir meu próprio carro por alguns quilômetros sem sentir aquela ansiedade esmagadora. Viajar com o time para Louisiana e Arkansas, então, estava fora de cogitação.

Minha participação inconstante nos jogos me afastou dos meus companheiros de equipe e abalou o meu relacionamento com o técnico. Embora ninguém soubesse que os ataques de pânico eram os responsáveis pela minha decisão de não viajar com a equipe (menti para o meu técnico dizendo que precisava ficar, pois estava lutando para recuperar as minhas notas da faculdade), me sentia constrangido e envergonhado.

Meu técnico havia sido a única pessoa no país disposta a me dar uma bolsa de estudos parcial, oferecendo-me assim a oportunidade de fazer o meu sonho se tornar realidade. Não só me senti culpado por ter decepcionado os meus companheiros de equipe, mas também senti que estava roubando algo dele.

Quando a temporada terminou, em novembro, eu estava em frangalhos. Nada estava ajudando. Não conseguia viver uma vida normal, e a temporada de futebol havia sido um fracasso tão grande para mim, que decidi sair do time. Seis meses depois, deixei a Universidade de Concordia.

Incapaz de fazer qualquer outra coisa, costumava deitar na minha cama, tentando dormir para esquecer meus problemas. Quando não conseguia cochilar, olhava fixamente para o teto, para os padrões do gesso. Quando me olhava no espelho, odiava o que via. Amaldiçoava-me pela minha condição vergonhosa.

Orava todos os dias a Deus, suplicando-lhe para restaurar um sentido de normalidade à minha vida. Mas minhas súplicas pareciam ser em vão. O milagre pelo qual havia orado tão assiduamente nunca aconteceu, e eu não tinha sequer um lampejo de esperança de que meus problemas seriam um dia resolvidos.

Meses se passaram e, em julho (um ano depois do meu primeiro ataque de pânico), eu continuava hesitando a me aventurar. E se eu tiver outro ataque de pânico? E se o meu coração acelerar e eu ficar enjoado? E se eu ficar preso em uma situação ou lugar e não conseguir sair? E se eu perder todo o controle emocional diante das pessoas?

Todos esses pensamentos intrusos, combinados com uma inflexível sensação de ansiedade, fizeram com que viver uma vida "normal" fosse algo impossível para mim. Ficava em casa todas as noites, sabendo que os meus amigos estavam se divertindo enquanto eu me sentia um miserável. Eu ainda tinha a minha namorada, mas ela estava confusa com a mudança que havia acontecido comigo. Havia me afastado completamente dela, física e emocionalmente. Nossos encontros aconteciam com menos frequência e, quando ocorriam, consistiam em sua vinda até a casa dos meus pais, de onde eu não saía do meu quarto nem para atender à porta. Uma vez, tentei dirigir até a casa dela. Eram apenas dez minutos de distância, mas me senti tão mal quando lá cheguei que mal tive energia para abrir a porta do carro antes de vomitar. Nosso relacionamento de quase três anos estava se desfazendo.

Desesperado para mostrar alguma independência, mudei-me da casa dos meus pais para um apartamento no mesmo bairro, a apenas alguns minutos de caminhada. O lugar era tão perto da casa dos meus pais, que eu poderia muito bem ter guardado o dinheiro do aluguel; mas pelo menos eu podia dizer que não estava morando com os meus pais.

Meus pais sabiam que eu estava lutando. Fiz o meu melhor para esconder o quão escuras e ímpias minhas emoções haviam se tornado. Não queria que eles vissem o quão fraco e frágil eu era. Não queria que descobrissem o quão torcidos e autodestrutivos eram alguns dos meus pensamentos. Eles sempre foram solidários e estavam sempre dispostos a me ouvir, mas minha insegurança não me deixava me abrir com eles. Eu era o seu único filho, deveria ser forte. Eu sabia o quanto tive sorte de ter pais que me amavam e cuidavam de mim, e eu sentia que, por causa dos problemas pelos quais estava passando, estava de alguma forma deixando-os desapontados.

Ao longo dos meses que se seguiram, o meu humor só fazia piorar, à medida em que eu me afundava ainda mais na depressão, às vezes entrando em uma zona perigosa. Uma noite, enquanto estava sozinho no meu apartamento, minha namorada ligou para saber como eu estava. Por nenhuma razão em particular, de repente, explodi. Estava mais nervoso do que nunca – bravo com a minha situação, com raiva por ela estar lá fora e eu não poder estar com ela, preocupado e com ciúmes de quem poderia estar acompanhando-a.

Enquanto a minha namorada falava comigo, ouvi vozes felizes ao fundo. Isso me deixou ainda mais furioso. Queria infligir dor em alguém. Queria que alguém sentisse o mesmo tipo de agonia que eu estava sentindo.

Em um acesso de raiva, corri para o armário da cozinha e peguei uma faca. Comecei a sacudi-la furiosamente no ar, dizendo-lhe que tinha uma faca na mão. Sabia que não faria nada para machucar-me fisicamente, mas, ainda sim, uma parte de mim queria cortar o meu pulso e acabar com tudo. O curiso é que isso me deu um sentido mórbido, mas real, de controle. Não podia mais controlar a minha vida, mas podia controlar se deveria acabar com ela.

Não me lembro da resposta da minha namorada, mas sua voz permaneceu calma durante todo o calvário que foi aquele diálogo ao telefone. Foi a primeira vez que fiquei realmente com medo do quão longe poderia ir. No momento em que tudo acabou, minhas mãos tremiam tanto que feixes de luz dançavam sobre a lâmina quando soltei a faca.

Nunca mais peguei um objeto para me ameaçar, mas pensamentos obscuros e mórbidos continuaram a me atormentar. Certa vez, um amiga ficou tão preocupada comigo que correu para o meu apartamento no meio da noite só para se certificar de que eu estava a salvo. Em outra ocasião, um amigo ligou para os meus pais para dizer-lhes como estava preocupado com o meu bem-estar.

Devo admitir que gostei da atenção que meus pensamentos melancólicos provocaram nos outros. Queria que as pessoas soubessem como eu me sentia. E, de alguma forma distorcida, falando sobre a morte, minha morte, consegui ter uma incrível sensação de paz. Afinal, na morte não haveria mais sofrimento, dor ou mágoa. Embora eu soubesse que o pensamento de acabar com a minha vida estava errado, ele parecia certo. Havia me tornado vítima de algo que havia me roubado a alegria de viver, e isso me fez incapaz de controlar as circunstâncias que me rodeavam. Minha vida não tinha mais sentido ou propósito. Por que não pensar na morte?

CONTINUEI INDO ÀS CONSULTAS, com um psiquiatra para a minha medicação e um psicólogo para a minha terapia. Um dos exercícios da minha terapia para que eu me sentisse mais confortável em um carro e em locais públicos era dirigir acompanhado pelo meu pai e um terapeuta. Eu tinha dezenove anos, mas estava com muito medo de deixar a minha casa e ter uma vida normal. E agora, como se a minha situação já não fosse humilhante o suficiente, tinha que ter "aulas de direção", a fim de evitar futuros ataques de pânico. Sentia que havia perdido tudo, incluindo uma das liberdades mais básicas da vida. Tinha certeza de que nunca iria desfrutar uma vida normal novamente. Nunca encontraria a felicidade. Toda a minha existência seria composta de dor, sofrimento e solidão. Muitas noites sentei sozinho, chorando, desejando estar morto.

Por que isso estava acontecendo? Por que estava acontecendo comigo? Todas as pessoas que conhecia levavam uma vida normal, enquanto eu permanecia confinado em minha casa e oprimido pela minha mente. Cada novo amanhecer marcava a continuação de uma viagem que não queria mais continuar. Mas persisti, sobrevivendo a cada dia, vivendo da única maneira que eu conseguia, minuto a minuto. Continuei indo à terapia e tomando a medicação, e após um longo período de dedicação e esforço, no meu aniversário de vinte anos estava começando a fazer progressos.

A cada passo doloroso encontrava coragem para empurrar o meu limite ainda mais. O processo não foi rápido ou radical, mas a cada passo dado me aproximava da normalidade. Finalmente, minhas ansiedades se acalmaram o suficiente para que eu fosse capaz de fazer as coisas comuns que antes pareciam impossíveis. Tudo começou com a possibilidade de dirigir confortavelmente *durante o dia*. Em seguida, progredi ainda mais: comecei a ser capaz de dirigir confortavelmente à noite. Afinal, já conseguia dirigir para alguns lugares e sair socialmente sem incidentes. Cada passo levou semanas para ser alcançado, e conforme a minha confiança crescia, crescia também a minha vontade de ir para o próximo nível.

Entretanto, nem todo passo foi positivo. Às vezes, meus passos em direção à recuperação me levavam para a frente, como dirigir à noite sem incidentes. Outras vezes, os meus passos me levavam para trás, como a vez em que entrei em pânico dentro de um teatro, com um medo terrível de estar preso enquanto algo catastrófico ocorria.

Com vinte e um anos, me sentia confortável novamente, pronto para viver uma vida normal como eu tinha antes da minha luta contra os ataques de pânico. Podia sair socialmente sem hesitação ou reserva e sair com meus amigos. Podia pegar algo para comer e ver um filme. Podia até dirigir por trinta minutos até a Universidade do Estado do Texas, para onde havia transferido o meu curso de graduação.

Embora houvesse feito todo o caminho de volta para viver a vida que tinha antes do início dos ataques de pânico, minha mente continuava tumultuada. Eu era amargo por tudo que havia sofrido. Estava oprimido por crises de depressão, pensando que alguém atormentado por algo tão debilitante como ataques de pânico nunca poderia continuar a fazer nada de especial. Não havia esperança para mim e o futuro parecia sombrio.

Você não está sozinho

Em janeiro de 2003, como parte do meu exercício e requisito da disciplina Ciência do Esporte na Universidade do Estado do Texas, estava matriculado em uma aula de treino de futebol. Em nosso primeiro dia, o instrutor, Manny Matsakis, técnico de futebol do Estado do Texas, falou sobre a importância da leitura das autobiografias de técnicos. Ele levantou uma cópia do *Think Like A Champion* (*Pense como um campeão*), do técnico Mike Shanahan, de Denver, e nos disse que poderíamos aprender muito com suas palavras, como grandes técnicos adquirem tanto sucesso.

A ideia me atraiu. Dezessete meses antes, era estudante e havia começado como preparador físico dentro do departamento atlético. Talvez lendo alguns destes livros pudesse adquirir algum conhecimento que me ajudasse na minha carreira.

As duas primeiras autobiografias que li foram de Phil Jackson, *Sacred Hoops* (*Sagrado ringue*), e de John Wooden, *They Call Me Coach* (*Chamam-me de técnico*). Após ler apenas algumas páginas, sabia que havia encontrado algo que não tinha nada a ver com a minha carreira de técnico, mas tudo a ver com a minha vida. Pensei que leria sobre o que tornou esses técnicos melhores do que eu. Mas o que descobri foi que, mesmo com todos os meus problemas, eles eram como eu.

A partir desses dois livros, acabei lendo mais de cem autobiografias, cada página me proporcionando a maior terapia que já havia experimentado.

Como só havia visto esses técnicos de renome mundial na televisão ou lido sobre eles em jornais e revistas, não tinha ideia de que cada um havia experimentado suas próprias batalhas, internas e externas, as quais eram semelhantes ou ainda mais intensas do que as minhas. Sempre havia assumido que as suas vidas eram livres de mágoas, decepções e tumultos. Pensei que a maldição fosse exclusividade minha e não acometia renomados líderes de ligas esportivas, os quais deveriam ter sido destinados ao sucesso.

Estava errado. "Quando a adversidade entra em nossas vidas, temos tendência a pensar que somos os únicos com problemas", escreveu o técnico universitário de futebol do campeonato nacional Lavell Edwards: "Olhamos em volta e achamos que todo o mundo é melhor do que nós. Isso simplesmente não é verdade".[1]

O técnico de futebol do campeonato nacional Vince Dooley dissertou sobre a prevalência de adversidade em seu livro *Dooley: My 40 Years at Georgia (Meus 40 anos na Georgia)*. "Se você voltar na minha carreira, isso é exatamente o que tem acontecido, uma crise atrás da outra. Sempre que as coisas estiverem calmas, pode ter certeza de que uma outra tempestade está se formando, e é melhor você estar pronto para isso."[2]

Fiquei surpreso ao saber que ninguém está livre da adversidade, independentemente de seu *status*, realizações ou fama. Ara Parseghian, técnico de futebol universitário e duas vezes campeão nacional, escreveu: "Cada um de nós tem enfrentado situações que despedaçaram nossa fé, torturaram nossas emoções (e, em alguns casos, nossos corpos). Sabemos que é de partir o coração ficar cara a cara com a morte, um sofrimento profundo, uma desilusão esmagadora. É uma agonia ter que ficar parado e ver dor, frustração e desgaste".[3]

As palavras desses técnicos foram reconfortantes, mas o que teve um impacto ainda maior sobre mim foi saber que essas palavras não haviam sido ditas fora das chamas da adversidade. Não eram apenas palavras fluindo de uma caneta, mas palavras que decorreram de situações terríveis enfrentadas, enormes obstáculos superados e perdas devastadoras superadas. As adversidades podem não ter incluído ataques de pânico, depressão ou ansiedade, mas suas dificuldades eram tão significativas para eles como as minhas eram para mim.

Percebi que a minha vida não era tão diferente da vida dos outros; ter problemas não significava que eu não era especial ou que eu não poderia realizar meus sonhos. Em vez de ficar preso em minha negatividade e autopiedade, aprendi que a vida de cada pessoa é difícil e injusta o bastante por ela mesma.

Três técnicos devastados pela adversidade foram Connie Mack, Joe Gibbs e Bill Parcells. Suas dificuldades e sofrimentos provaram que eu não estava sozinho em meio à minha dor e luta. O sucesso profissional de todos eles provou que a adversidade torna a vida difícil, mas não impossível.

EM DEZEMBRO DE 1892, o grande Connie Mack do beisebol passou por um dos eventos mais trágicos de sua vida. Sua esposa, com a qual era casado por cinco anos, morreu com vinte e seis anos de idade. Ele descreveu esse desgosto em seu livro *My 66 Years in the Big Leagues (Meus 66 anos nas grandes ligas)*. "A perda foi quase esmagadora. Agora, eu era um jovem pai sozinho com três bebês sem mãe, Marguerite, Roy e Earle."[4] Angustiado e solitário, Mack parecia que nunca se recuperaria, ele nunca conseguiria viver uma vida plena. Tal adversidade parecia negar qualquer chance de atingir um alto nível de excelência em uma carreira profissional.

Embora essa tragédia parecesse predizer uma terrível e infrutífera existência, sua vida tomou um caminho diferente. Teria sido compreensível se Mack se chafurdasse na autopiedade e se sentisse uma vítima, mas ele escolheu o caminho menos provável para forjar o futuro e fazer o melhor com o que a vida lhe apresentava. No início de 1901, Mack atuou como gerente do Philadelphia Athletics, por inéditos cinquenta anos. Durante seu notável mandato, ele trouxe para o atletismo nove bandeirolas, cinco campeonatos da série munidal, e aposentou-se com o maior número de vitórias na história da liga de beisebol.

DURANTE UMA REVIRAVOLTA FINANCEIRA, Joe Gibbs passou das alturas com que a maioria das pessoas sonham para as profundezas que poucas pessoas experienciam. Dois anos depois de vencer o Super Bowl como técnico dos Washington Redskins, Gibbs enfrentou uma enorme dificuldade financeira, após seus investimentos em um significativo número de imóveis terem caído. É assim que Gibbs relata a experiência:

Se era oficial ou não, estava falido. Estava acabado. Estava com a cabeça tão afundada que não conseguia ver a superfície. Estava me afogando em um mar de dívidas. Há uma sensação de pânico. Isso é um pânico que você não conhece ou entende a menos que você já tenha passado por ele. É como se toda a sua fundação tivesse sido dilacerada debaixo de você. Você já não acredita em si mesmo. É um pesadelo. Eu não conseguia acreditar. Como isso pôde acontecer?[5]

Atormentado e devastado, os melhores momentos de Gibbs pareciam ter ido e vindo. Sua vida e sua carreira pareciam ser o significado do provérbio "cair da graça".

Embora bombardeado por crises de miséria, o futuro infeliz uma vez pensado por Gibbs tomou uma rota diferente. Apesar das circunstâncias que sustentavam as vozes desprezíveis em sua cabeça, Gibbs bravamente seguiu em frente com o mesmo esforço e a mesma intensidade de antes. Ao longo dos sete anos seguintes com os Redskins, Gibbs ganhou mais dois Super Bowls e foi eleito para o Hall da Fama do Pró-Futebol em 1996. Financeiramente, ele se recuperou tão bem que, em 1991, fundou sua própria equipe de corrida da Nascar, a qual ganhou três campeonatos da Série da Copa Nascar.

EM 1983, BILL PARCELLS era um técnico sem nome do New York Giants. Em sua única experiência anterior em liderar uma equipe, Parcells conseguiu um recorde de 3-8 na Academia da Força Aérea em 1978. Demitiu-se como técnico no final da temporada. As lutas que enfrentou naquele ano foram significativas, mas não podiam ser comparadas às que ele enfrentou em sua primeira temporada com os Giants.

Colocado com o segundo pior recorde na Liga Nacional de Futebol (NFL) em 3-12-1, rumores diziam que Parcells estava prestes a ser demitido. Como ele mesmo contou: "Meu time não era bom. O trabalho – emprego dos meus sonhos com a equipe para a qual eu torcia desde menino, um menino que cresceu em Oradell, New Jersey, estava preso por um fio".[6]

Como se suas lutas profissionais não fossem o bastante, Parcells sofreu várias tragédias em um ano, tragédias que muitas pessoas não suportariam. "Perdi os meus pais", explicou. "Meu bom amigo e técnico de defesa, Bob Ledbetter, morreu repentinamente de um acidente vascular cerebral; Doug Kotar, o ex-recebedor dos Giants, perdeu uma longa batalha contra o câncer no cérebro".[7]

Atormentado pela mediocridade profissional e torturado por angustiantes perdas pessoais, a vida de Parcells parecia destinada a não ter nenhum propósito significativo. As terríveis circunstâncias pareciam fazê-lo recuar e entregar de bandeja os seus sonhos.

Mas os pensamentos obtidos em tais momentos de agonia provaram o contrário. Maltratado, mas não vencido, Parcells encontrou coragem para marchar adiante, apesar da imensa dor. Sobrevivendo aos incêndios e às terríveis perdas fora do campo, três anos mais tarde, Parcells levou os Giants para o primeiro dos dois Super Bowls sob seu comando. Ele se aposentaria como o único técnico da NFL na história que liderou quatro franquias diferentes às semifinais.

CADA VEZ que a adversidade na minha vida parecia ser uma refutação da minha existência e um prenúncio de um futuro detestável, pensava em Parcells, Gibbs, e Mack. Eles também, em seus dias de provação e sofrimento, não podiam imaginar as coisas maravilhosas que aconteceriam mais tarde em suas vidas. Eles me provaram que, apesar de todas as adversidades que surgiram em meu caminho, coisas gloriosas ainda estavam por vir. Os exemplos desses três homens foram uma prova de que as alterações que desejava para a minha vida ocorreriam se eu me recusasse a sucumbir às vozes internas que me pediam para parar e me render.

A adversidade é uma bênção disfarçada

Apesar do conforto e da esperança que essas histórias me deram, eu ainda sentia as consequências dos ataques de pânico. O dano que sofri não desapareceu magicamente simplesmente porque podia ver esperança em meu futuro.

Os ataques de pânico levaram quase três anos da minha vida, os quais nunca recuperei: perdi o meu sonho de jogar futebol na faculdade, perdi minha namorada de três anos, tornei-me um recluso social, sofria de depressão grave, perdi a esperança e a confiança. Pensei mais em morrer do que em viver. Não importa como você lida com isso tudo; a realidade é que esse conjunto terrível, horrível de eventos sitiaram a minha vida.

Mas a promessa paradoxal que li repetidamente nos livros desses técnicos foi: "A adversidade é uma bênção disfarçada". No início, repudiei essas palavras como um clichê, uma figura de linguagem, palavras que ofereciam esperança, mas não tinham substância. Muitas vezes, as pessoas dizem essas coisas, mas na verdade não querem dizê-las. Eu pensava: *Ninguém que realmente tenha passado por um evento devastador vai proferir essas palavras. Como é possível?* Mas o técnico campeão nacional de futebol Lou Holtz provou, por meio de sua vida e experiência, que a promessa paradoxal é verdadeira. Apesar de ter vivido um momento de extrema adversidade, que em curto prazo foi devastador, ele provou que a adversidade pode ser o catalisador para uma realização monumental.

Em 1983, Holtz concluiu sua sétima temporada na Universidade de Arkansas. Durante seu mandato com os Razorbacks, Holtz levou sua equipe a seis jogos do Bowl e compilou o melhor registro de perdas e ganhos na história da universidade, que emplacou o segundo melhor registro de perdas e ganhos na história da Conferência Sudoeste em sessenta e oito anos.

"Pensei que iria passar o resto da minha vida na Universidade de Arkansas", Holtz contou mais tarde.[8] Mas depois de um recorde de 60-21-2, apesar de todas as suas conquistas, a Universidade de Arkansas e o diretor de esportes Frank Broyles pediram para Holtz renunciar. A demissão doeu muito em Holtz. "Foi um momento de baixa na minha carreira de técnico, momento em que havia questionado as escolhas que havia feito."[9] Lou Holtz não só foi afastado de um trabalho que ele pensou que teria para sempre, mas também foi demitido de um grande programa de futebol da Primeira Divisão, que competia em campeonatos nacionais. Com poucas opções, Holtz aceitou a posição de técnico da Universidade de Minnesota, um programa que só havia vencido quatro jogos nas duas temporadas anteriores combinadas. A adversidade infligida sobre Holtz havia danificado severamente seus sonhos de uma carreira brilhante.

O que Holtz não imaginava era que aquele episódio que parecia desastroso em sua carreira de técnico em 1983 acabaria por ser precisamente o que o colocaria na melhor posição possível, a qual ele jamais poderia ter imaginado. Em dois anos, em Minnesota, Holtz transformou o programa Gopher sub-par em vencedores, levando-os a um jogo do Bowl em sua segunda temporada. A notável reviravolta dos Gophers fez com que as ações do Holtz subissem rapidamente, o que o levou a ser nomeado técnico da Universidade de Notre Dame, em 1986, sem dúvida a maior e mais reconhecida posição no futebol americano universitário. Ao longo dos onze anos seguintes, Holtz alcançaria *status* de ícone, pois ressuscitou o então programa massacrado irlandês, transformando-o em uma potência nacional, vencendo um campeonato nacional, quase mais dois, e indo a nove jogos do Bowl seguidos.

No entanto, nada deste sucesso teria acontecido se não fosse a sua maior tragédia profissional. Como Holtz explica:

"Se me tivesse sido dado o dom de ver o futuro, teria abraçado Frank Broyles no dia em que ele me demitiu. Esse episódio da minha vida comprova o dito popular: Deus escreve certo por linhas tortas".[10]

Calamidades proporcionam oportunidades para mudanças transformadoras

Como pode uma coisa tão ruim ser um catalisador para algo tão bom? O técnico campeão nacional de futebol Bill McCartney respondeu: "A adversidade introduz um homem a si mesmo; assim como o aço mais forte é moldado no calor mais quente, assim é o maior personagem moldado na época de grande estresse".[11] Três vezes campeão nacional, o técnico de basquete Jim Calhoun concordou: "O sofrimento é bom. A dor forma o caráter".[12]

Lendo essas citações, meus olhos se abriram e me trouxeram uma perspectiva muito diferente sobre as adversidades que havia experimentado e que continuaria a experimentar. "Para a maioria de nós", escreveu Joe Gibbs, "não são os nossos sucessos que nos moldam; é a pressão de viver pela adversidade que nos lança ao futuro sucesso".[13]

A carreira do técnico Tom Osborne ilustra os sentimentos de Gibbs. Desde o primeiro ano de Osborne como técnico na Universidade de Nebraska, os Bulldogs perderam para seu arquirrival, Oklahoma Sooners, por cinco anos consecutivos. O que fazia cada perda ainda mais devastadora era o fato de que cada derrota custava aos Cornhuskers uma tentativa no Campeonato da Conferência do Grande 8. No entanto, o que parecia ruim na época, e algo que Osborne nunca teria intencionalmente procurado, acabou sendo ótimo.

Como Osborne explicou: "Continuamos trabalhando para chegar ao ponto onde estávamos melhores do que o Oklahoma. Em certo sentido, em vez de ser nosso inimigo, o Oklahoma se tornou nosso aliado. Aquela equipe mostrou-nos as nossas fraquezas e nos desafiou a lutar por um padrão mais elevado".[14]

Osborne usou esse padrão mais elevado em sua carreira por mais vinte anos em Nebraska, vencendo três campeonatos nacionais e doze campeonatos de conferência, chegando a 13-8 contra o Oklahoma.

Crises atuais podem fazer parecer que a vida acabou, mas isso não é verdade

E, assim, as peças começaram a se encaixar, tudo começou a ficar claro para mim. Em vez de ver a adversidade como um processo inevitavelmente doloroso, comecei a vê-la também como uma oportunidade.

A adversidade não é algo a temer e evitar. Pelo contrário, é um dos aspectos mais importantes e benéficos da vida. Percebi que o meu futuro não é decidido por quão difíceis ou injustas as situações adversas são, mas sim por aquilo que faço com essas situações difíceis.

Embora tenha demorado mais alguns anos para ver e trabalhar a adversidade a meu favor, essa nova perspectiva permitiu-me reconhecer que a adversidade que eu havia experimentado por meio da devastação dos ataques de pânico havia sido realmente uma bênção disfarçada.

Tal declaração teria sido inconcebível quando estava no meio da fase dos ataques de pânico, e até mesmo no rescaldo. Tudo o que eu conseguia pensar naquele momento era o quanto eu estava sofrendo. Olhava para a minha vida, e tudo que eu via era o quanto estava perdendo. Amaldiçoei Deus repetidamente pela adversidade injusta que ele havia acumulado sobre mim, repreendia os meus pais por terem me concebido e me odiava pelas minhas inadequações. Teria dado qualquer coisa para não passar pela dor e pelo sofrimento. Muitas vezes, queria parar e desistir. Agora, olhando para trás, tudo o que consigo pensar é o quanto ganhei, como Deus sabia muito melhor do que eu exatamente o que eu precisava e quando precisava.

Os ataques de pânico foram as melhores coisas que já aconteceram comigo. Não me dava conta disso, pois estava lutando contra eles; mas por causa dos meus ataques de pânico e da estrada árdua de reabilitação mudei de um modo que por outras vias teria sido impossível. Tornei-me uma pessoa melhor.

Antes da minha angústia, eu era fraco e frágil. Vivia do que vinha facilmente, do que era confortável. Enfrentar adversidades e superar dificuldades era algo que achava assustador e difícil, por isso evitava ter de lidar com a adversidade a todo custo. No entanto, os ataques de pânico eram inevitáveis. Não poderia enganar, esquivar-me ou evitá-los. Eu poderia enfrentar o problema e lutar para superá-lo, ou poderia viver com o medo e a ansiedade por toda a minha vida e colher a miséria e dor que inevitavelmente me seguiriam.

Ao enfrentar a adversidade com minha cabeça erguida, e não desistindo, desenvolvi uma coragem e confiança que não conhecia. Esta autoconfiança provou ser inestimável nos anos seguintes, pois agora eu era capaz de sair da minha zona de conforto, apesar dos inúmeros sentimentos dolorosos e temores que me assolavam ao longo do caminho.

Na minha carreira de técnico, apesar de às vezes me sentir sobrecarregado, dominado pelo desemprego, grandes erros e sonhos esmagados, a força que havia ganho por meio do meu sofrimento me permitiu enfrentar qualquer dificuldade que a vida me apresentasse, sem me render. Nenhuma dessas transformações e vitórias teriam acontecido se eu não houvesse experimentado os ataques de pânico.

Deus sabe que eu não teria infligido tanta dor e adversidade em mim mesmo de bom grado, mas os ataques de pânico eram exatamente o que era necessário para trazer qualidades que eu nem sabia que possuía. As palavras do técnico sete vezes campeão nacional do basquete feminino Geno Auriemma cercam a verdade: "Tive de fazer coisas que eu não queria fazer também, mas olho para trás e eu estou contente. Isso tornou mais forte e me fez melhor".[15]

Deixe-me esclarecer uma coisa: não sou masoquista. Não me deleito com dificuldades nem gosto de dor. Enquanto a dor e o trauma que enfrentei com ataques de pânico agora fazem sentido para mim, muitas adversidades que sofri, e continuo sofrendo, não fazem qualquer sentido. A diferença é que agora sei que há um propósito para eles, mesmo que o propósito ainda não tenha sido revelado. Estou confiante de que o propósito se manifestará no tempo certo.

Sei como é difícil de acreditar, principalmente quando você está sofrendo. Já passei por isso, e não teria acreditado também. No entanto, a perseverança de outros que têm lidado com a adversidade e têm se saído bem me fizeram acreditar. Sei que quando você está no meio da adversidade, as coisas boas parecem ser para todo mundo, menos para você. Dê um tempo a você mesmo. As coisas mudam se você está disposto a continuar lutando. Se as coisas boas podem sair da adversidade para alguém tão comum e tão falho como eu, você também será capaz de descobrir as bênçãos abundantes, mesmo em meio às tempestades da vida.

CAPÍTULO 2
MEDO

MEDO EXTREMO ou fobia vêm em muitas formas. Para alguns, suas fobias podem ser tão comuns quanto o medo de falar em público, de altura, de nunca se apaixonar, de voar ou de mudanças. Outros são mais específicos, como medo de lugares públicos, de infestação de bactérias ou até de abandono. Independentemente da forma como se manifesta, o medo é mais do que apenas um ligeiro incômodo. É um dos mais devastadores e restritivos elementos de nossas vidas. Mas eu, uma das almas mais tímidas, aprendi uma forma eficaz de triunfar sobre o medo.

O maior medo da minha vida era passar a noite longe dos meus pais. Apesar de ser um problema pequeno para alguns adolescentes, para mim era uma experiência terrível até os meus vinte e poucos anos.

Você provavelmente está se perguntando: "Por que você tinha tanto medo?". Deixe-me explicar: Primeiro: tinha medo de que os meus pais ou eu morrêssemos na noite que estivésssemos separados.

Segundo: tinha medo de que, sem meus pais, perdesse o controle, tornasse-me histérico, fisicamente doente, e perdesse a capacidade de lidar com uma emergência.

Terceiro: tinha medo de que se estivesse perto de amigos ou família e experimentasse essas emoções extremas seria humilhado.

Quarto: tinha medo de que, se eu tentasse e falhasse, aquele fracasso solidificaria a minha incapacidade de superar esses demônios incessantes.

É provável que você se identifique com algumas dessas apreensões: talvez tenha sentido algo assim na primeira vez que passou a noite na casa de um amigo, ou quando foi pela primeira vez a um acampamento de verão. Mas, mais do que provavelmente, você finalmente superou seu medo sem muita dificuldade e, provavelmente também, sem ninguém saber. Depois de sua batalha inicial com este medo infantil, é quase certo que você nunca tenha sido incomodado por esse medo novamente.

Durante os primeiros vinte e três anos da minha vida, passei noites longe dos meus pais várias vezes, mas o meu medo nunca foi embora. Quando fiquei mais velho, ele só se tornou insidiosamente pior. Ele continuou me molestando, me debilitando, e manteve uma barreira para o meu crescimento e desenvolvimento.

Na primeira ou na segunda série, passei a noite na casa de um amigo pela primeira vez. Armamos uma barraca em seu quintal, colocamos alguns sacos de dormir, e rimos noite afora. Dormi profundamente.

Na quarta série, o meu melhor amigo, Walker, que morava a poucos quarteirões da minha casa, me pediu para passar a noite na casa dele. Eu o conhecia há alguns anos, me sentia totalmente confortável em sua casa, por isso aceitei o convite sem qualquer hesitação.

Naquela noite, jogamos futebol em seu jardim da frente até anoitecer e, em seguida, jogamos *videogame* até tarde da noite. Quando finalmente estávamos exaustos, Walker deitou-se em sua cama, e eu me acomodei em meu saco de dormir no chão. Quando ele apagou a luz, e a escuridão me envolveu, as emoções desconhecidas imediatamente me agrediram. Minha mente estava cheia de pensamentos catastróficos: *Eu vou morrer. Meus pais vão morrer.* Eu não tinha nenhuma razão para me sentir assim, não podia explicar o que havia provocado as emoções; no entanto, estava consumido por elas. Elas pareciam tão reais. Eu tinha certeza de que algo terrível estava para acontecer.

Comecei a suar profusamente. Estava respirando pesadamente. Estava mal do estômago. Fiquei sem saber o que estava acontecendo comigo ou o que fazer sobre isso, então fugi para o andar de baixo. Depois de alguns minutos que eu havia descido, Walker veio me encontrar: eu estava em frangalhos emocionais.

Com muita vergonha de explicar todos os meus sentimentos e pensamentos desastrosos, disse ao Walker que estava com muita dor no estômago. Ele acordou seu pai, que me deu um medicamento, mas este não fez nada para remediar a verdadeira causa da minha "doença". Naquele momento, tudo que sabia era que eu precisava sair daquela casa e voltar para a companhia reconfortante dos meus pais. Liguei para casa para explicar que estava doente, e meu pai foi imediatamente me resgatar. Quando entrei no carro e senti-me na presença reconfortante do meu pai, experimentei a maior sensação de alívio. As emoções horríveis que havia acabado de experimentar simplesmente desapareceram.

A partir daquele momento até o final do meu ensino fundamental, tentei evitar o máximo possível passar a noite longe da minha mãe e do meu pai. Consegui dormir em casas de quatro amigos diferentes, das quais três foram muito mais longe do que a casa do Walker. Todas as vezes, senti um peso tremendo de ansiedade e medo, mas, por alguma razão inexplicável, esses sentimentos nunca foram escalonados a uma emergência de larga escala, como occoreu na casa do Walker.

Embora parecesse que o meu medo estava diminuindo, na verdade, o problema estava apenas começando.

Na sétima série, meus pais me deixaram na casa dos meus avós para passar a noite. Desde criança, visitar meus avós sempre havia sido uma agradável experiência – tinha dormido lá várias vezes e nunca havia tido nenhum problema.

Mas, por alguma razão desconhecida, aquela estadia em particular produziu os mesmos sentimentos que eu havia experimentado anos antes no casa do Walker. Mesmo antes do pôr-do-sol, eu temia a vinda das trevas. *Não serei capaz de fazer isso. Vou perder o controle emocional. Algo terrível acontecerá com meus pais ou comigo.*

Assim como previa, o meu medo veio à tona no momento em que as luzes se apagaram. Nesse instante, um desfile aterrorizante de imagens horríveis bombardearam minha mente, e o aperto no meu estômago tornou-se insuportável. Em um estado de pânico, pulei da cama, liguei para minha mãe e lhe implorei para vir e passar a noite comigo. Disse-lhe que não aceitaria um não como resposta. Uma hora depois, ela parou na calçada e me resgatou do meu desespero.

Na manhã seguinte, toda a vergonha que havia sentido em deixar a casa do Walker no meio da noite anos antes não havia sido nada em comparação com essa situação vergonhosa. Não só os meus avós e primo testemunharam toda a minha provação, mas a minha tia e meu tio também chegaram na manhã seguinte e se surpreenderam ao saber que a minha mãe havia vindo no meio da noite. Eu me encolhi, imaginando o que pensariam quando minha mãe explicasse o motivo de estar ali: seu filho adolescente precisava dela, a fim de passar a noite na casa de seus avós.

Esse incidente consolidou minha certeza de que, se eu ficasse uma noite longe dos meus pais, experimentaria pensamentos catastróficos, perda de controle emocional e debilidade física. Nos anos que se seguiram, não passei a noite em lugar algum que não fosse a minha casa.

Na esperança de que de alguma forma o problema houvesse desaparecido magicamente pela sua própria vontade, tentei ficar na casa do Walker mais uma vez, desta vez com um grupo de amigos na véspera de Ano Novo, durante o meu primeiro ano do ensino médio. Mas antes mesmo de chegar, comecei a sentir um enorme desconforto de passar a noite fora de casa. Senti-me como se tivesse sido enviado a um campo de extermínio. Quando disse adeus aos meus pais naquela noite, estava convencido de que seria pela última vez.

Ao contrário do que havia acontecido anos antes, estava me divertindo muito com os meus amigos, até que chegou a hora de ir dormir. Mais uma vez, quando as luzes se apagaram e as trevas me cercaram, meus medos ressurgiram. Percebendo a chegada iminente do pânico e de pensamentos destrutivos, freneticamente corri para fora do quarto. No andar de baixo, liguei para os meus pais e os forçei a me pegarem de novo. Ao contrário de antes, desta vez estava com muita vergonha de dizer a alguém que estava indo embora. Silenciosamente, rastejei para fora da casa do Walker no meio da noite, para voltar mais uma vez para o santuário da casa dos meus pais.

Na manhã seguinte, senti-me envergonhado e fraco. Mais uma vez, os meus pais haviam me resgatado das minhas ansiedades e me salvado de algo que era obviamente nada mais do que um medo infantil que não devia incomodar mais ninguém da minha idade. Tentando tirar da minha mente o que havia acontecido, sentei-me na sala e assisti ao jogo final dos New England Patriots contra os Cleveland Browns AFC Wildcard, mas foi inútil. Nada poderia competir com a esmagadora sensação de que eu era completamente inadequado e inferior.

A autocondenação continuou com perguntas irritantes: *O que há de errado comigo? É só um passeio de bicicleta de cinco minutos até a casa do Walker; por que não posso passar a noite fora de casa? Estou no ensino médio, não no ensino fundamental. Será que um dia superarei isso?*

Vários dias depois, no meu primeiro dia de volta à escola, subi pesadamente os degraus até o segundo andar, onde todos os meus amigos se reuniam antes do primeiro período. Quando os seus olhos se conectaram com os meus pela primeira vez desde aquela noite vergonhosa, senti-me totalmente exposto. Tentei ignorar o que eu supunha que estavam pensando e dizendo sobre mim, mas era impossível. Eu reproduzia repetidamente em minha mente o que eu imaginava que eles estavam dizendo: *Aquele não é o cara que não pode passar a noite longe da mamãe e do papai? Você acredita que alguém pode ser assim tão covarde? Que perdedor! Por que somos amigos dele?*

Tinha certeza de que eu nunca me livraria daquele episódio. Uma pessoa diria a outra, que diria a outra, e assim por diante. Eu sempre seria conhecido como o cara que estava com muito medo de ficar longe de casa.

Nos dois anos seguintes, evitei passar noites fora, em qualquer lugar que fosse. Somente uma vez, quando meus pais saíram da cidade por alguns dias, e meus avós ficaram comigo, dormi sob um teto diferente da minha mãe e do meu pai. Dessa vez, não tive problemas.

Foi no meu último ano do ensino médio que parecia que o medo aterrorizante finalmente seria colocado para descansar. Naquela primavera e verão, viajei duas vezes com a minha namorada e seus pais. A primeira viagem foi para Anson, Texas, a algumas horas de distância e longe de casa por duas noites. A segunda viagem foi para South Padre Island, Texas, a oito horas de distância e longe de casa por uma semana inteira. Todas as vezes, estava muito tenso nos dias que antecederam a viagem. Não achava que tinha chance de passar por isso. Antes da primeira viagem, tive um colapso diante da minha namorada. Não contei a ela a verdadeira razão por trás do meu colapso emocional para que ela não me achasse menos homem. Ao contrário, eu simplesmente inventei uma história para satisfazer sua insistência.

À medida que a data de partida se aproximava, o pensamento de perder todo o controle emocional diante da minha namorada e dos pais dela me aterrorizava – era simplesmente o pior cenário possível que eu poderia imaginar.

O que farei se tiver um colapso diante deles? Como meus pais poderão vir me buscar se estarei longe de casa?

Na manhã da nossa partida, quando meus pais me deixaram, eu estava consumido pelo medo. Durante todo o dia e à noite, os mesmos sentimentos de ansiedade e apreensão que me povoaram durante cada noite anterior à viagem estavam presentes. Mas quando as luzes se apagaram, e eu estava horas longe de casa, para minha surpresa e alegria eu estava bem. Para o meu alívio, havia passado por essa viagem e pela seguinte (ainda para mais distante) sem incidentes.

Pensei que meu problema estava resolvido. Havia provado (várias vezes) que podia enfrentá-lo, e eu tinha dezessete anos de idade. Certamente o medo adolescente havia ficado para trás.

Mas o medo estava enraizado em mim. Era parte de quem eu era. Apesar das minhas noites terem sido bem-sucedidas, sabia que eu só havia me forçado a enfrentar o meu medo, eu não havia realmente aprendido a lidar com isso de forma eficaz.

NO INÍCIO do meu último ano no ensino médio, comecei a procurar por faculdades. Para muitos, essa escolha era um momento emocionante de exploração. No meu caso, nunca houve qualquer dúvida a respeito de onde eu me inscreveria. Fiz questão de manter isso em segredo, mas sabia que o meu medo de ficar longe dos meus pais significava que permaneceria em Austin e moraria em casa.

Isso pode não ser um plano ruim para alguns, mas a minha falta de vontade para enfrentar o meu medo veio com um custo. Desde que tinha dez anos de idade, tinha sonhado jogar futebol universitário em uma grande universidade. Em Austin, apenas duas universidades tinham equipes masculinas de universitários, tanto que as duas eram escolas da Segunda Divisão, e não as escolas de elite com que eu havia sonhado. Quando uma das duas escolas, a Universidade Concordia, me ofereceu uma bolsa de estudos parcial, sabia que a minha escolha havia sido feita. Rapidamente aceitei sua oferta e nunca visitei nem contatei qualquer outra escola.

A partir do momento que aceitei o convite, senti-me envergonhado com a minha escolha e as razões por trás dela. Durante a minha colação do ensino médio, estava completamente desanimado, sabendo que meus colegas estavam indo jogar em universidades da Primeira Divisão (Marinha, Yale, Stephen F. Austin), enquanto eu estava indo para uma pequena escola que não havia ganho um jogo no ano anterior. Sabia que podia jogar em qualquer escola (se não tivesse uma bolsa, certamente como um aluno regular), mas também tinha certeza de que eu nunca poderia viver em qualquer outro lugar, a não ser Austin. Eu odiava, mas era um prisioneiro das minhas dúvidas, um prisioneiro do meu medo.

O medo tornou-se gravado na pedra quando, mais tarde, naquele verão, comecei a ter ataques de pânico cada vez que andava em um carro. De repente, tornou-se quase impossível sair da minha casa em plena luz do dia sem experimentar uma ansiedade significativa. No entanto, se antes a minha grave ansiedade de separação dos meus pais já era grande, a minha falta de vontade de viver longe deles agora havia crescido para um nível monumental.

Em 8 de novembro, meus pais decidiram fazer uma viagem de uma noite para a cidade fronteiriça mexicana, a algumas horas de distância. Quando se despediram, tentei desesperadamente mostrar alguma força. Depois que eles saíram, passei o dia inteiro lutando contra as apreensões que eu sentia, em razão da partida. Nos últimos meses, o meu único conforto dos ataques de pânico havia sido a segurança que sentia em casa, sabendo que eles estavam por perto. Agora o meu cobertor de segurança havia ido embora.

Quando o sol recuou e a escuridão caiu, sentia-me preso com a cegueira que a noite traz. Entrei em pânico completo. Ligava para os meus pais a cada 60 minutos, dizendo-lhes que não conseguiria passar a noite sem eles. Apesar dos meus apelos para o seu regresso, eles não voltaram. Ao contrário, eles tentaram me tranquilizar, repetindo que tudo ficaria bem. Infelizmente, a cada minuto que passava sem eles, minha inquietação e meu medo cresciam em grandes proporções. *E se eu morrer? E se eles morrerem? E se eu entrar em um pânico total e não conseguir me controlar e não conseguir ajuda?* Por volta das onze horas da noite, nos falamos novamente. As lágrimas ensoparam minha camisa com um medo como nunca havia experimentado antes. Eu não sabia como sobreviveria o resto da noite. Meu colapso emocional foi tão grave que assustou os meus pais o suficiente para que eles começassem a fazer as malas para voltar para casa. Felizmente, como resultado do esgotamento físico e da medicação, adormeci sem os meus pais terem de voltar para casa no meio da noite. Havia sobrevivido, mas a um custo significativo. Agora estava com mais medo ainda de ficar longe dos meus pais.

Menos de um ano depois, em julho de 1999, mudei-me da casa dos meus pais para um apartamento que era apenas a uns dois quarteirões de distância da casa deles. Morando assim tão perto, ainda era capaz de sentir o conforto e a segurança de estar perto deles, mas, ao mesmo tempo, senti que estava estabelecendo um sentido de independência. Durante os três anos seguintes, fui capaz de viver longe deles, mas nunca residindo mais do que a alguns quarteirões de distância.

Esperava que, com o tempo, fosse capaz de deixar o meu medo para trás. Mas mais uma vez, aos vinte e um anos, meu medo se apresentou novamente.

Em abril de 2002, os meus pais haviam programado embarcar em doze dias de férias para a Europa. Conforme o dia da partida se aproximava, me tornava cada vez mais emocional. O medo irracional e os pensamentos catastróficos corriam pela minha cabeça: *E se algo acontecer com eles? E se alguma coisa acontecer comigo, e eu precisar deles? O que vou fazer?* Na noite anterior à partida dos meus pais, as emoções que havia segurado se manifestaram em um colapso choroso. Eu estava emocionalmente perturbado, e embora os meus pais fossem capazes de me acalmar, a minha ansiedade mais tarde causou uma terrível consequência: quando eles chegaram à Europa, minha mãe desenvolveu Paralisia de Bell, uma paralisia facial que se acredita ser causada por estresse. Estava plenamente convencido de que a minha reação à sua partida levou-a a esse estresse elevado. Meu medo não estava só me afetando, mas estava também tendo um grave impacto sobre as pessoas que eu amava. Embora minha mãe tenha se recuperado completamente, sua condição me machucou e exarcebou a minha culpa.

Após esse incidente, eu me preocupava com o meu futuro: *Que tipo de vida levaria se nunca poderia sair de casa, deixar meu bairro, ou até mesmo deixar Austin sem ter um problema? Nunca seria capaz de viajar para longe de meus pais. Nunca seria capaz de conseguir um emprego em qualquer lugar a não ser em Austin. Nunca seria capaz de ir à minha lua de mel. Nunca seria capaz de viver livremente.*

A verdadeira coragem não é a ausência do medo; é ter medo e enfrentá-lo

Durante um ano e meio, carreguei um cenário sombrio do meu futuro comigo. Então, em agosto de 2003, uma ideia surgiu na minha cabeça. Durante quase dois anos, viajei diariamente trinta minutos de Austin a San Marcos para completar o meu curso de graduação na Universidade do Estado do Texas. Além disso, trabalhava como assistente do preparador físico, o que me obrigava a estar na sala de musculação às seis horas todas as manhãs. Após dois anos dessa cansativa provação, comecei a pensar em mudar para mais perto de San Marcos, a fim de economizar tempo e dinheiro. Meus pais eram receptivos à ideia, e depois de procurar uma casa que atendesse às minhas necessidades, encontramos uma em Kyle, Texas, localizada a vinte minutos de Austin e a dez de San Marcos.

Mas aí começava o verdadeiro dilema. O que devo fazer?

Eu tinha vinte e três anos de idade, o desejo e a oportunidade de morar mais perto do meu trabalho e da escola, mas não sabia se poderia lidar com o meu medo. Uma ansiedade mórbida desfilava pela minha cabeça quando comecei a pensar em todas as coisas que poderiam acontecer comigo se eu me mudasse.

E se eu entrar em pânico como havia acontecido tantas vezes antes? E se eu tivesse que voltar para casa? O que as outras pessoas pensariam da minha compra de uma casa só para abandoná-lo logo em seguida?

Meu medo aumentou com o fato de que essa decisão teria muito dinheiro envolvido, eu teria de dispor de uma parte significativa do dinheiro que havia herdado para pagar a casa. Se tivesse de correr de volta para os meus pais, me atrapalharia financeiramente. Meu coração queria dar esse passo, mas o meu cérebro me dizia que eu não podia. Eu precisava de ajuda para lidar com os meus medos. Achei esta ajuda em trechos específicos que havia retirado de autobiografias dos técnicos. O técnico campeão mundial de boxe Teddy Atlas disse isso em relação ao medo:

Entenda seu medo, não o ignore. Não o negue. Não se esconda dele. Esteja ciente dele e perceba que ele não tem que ser uma fraqueza. Se você nega o medo, você está condenado a ser controlado por ele... Mas se você entender que ele não tem de ser um inimigo, que não é necessariamente uma fraqueza, que você não deve "amarelar" diante dele, então você estará em condições de usá-lo, de aproveitá-lo a seu favor. Essa é a diferença entre os campeões e os caras que não chegam lá. Os campeões entendem isso e são verdadeiros com eles mesmos, mesmo quando é desconfortável. Isso lhes permite fazer escolhas, em vez de terem apenas respostas instintivas.[1]

Nunca tinha ouvido tal conselho antes. A maior parte da minha energia sempre havia sido gasta na tentativa de me convencer de que eu não estava com medo e de construir uma fachada de destemor. Eu tinha mais medo de alguém descobrir o meu medo do que realmente de encarar o próprio medo. Será que reconhecer o meu medo a mim mesmo e aos outros significaria que eu era fraco e covarde?

"Coragem não é a ausência de medo", disse o técnico campeão do Super Bowl Brian Billick, "é confrontar seus medos".²

Eis outra declaração que nunca tinha ouvido. Para mim, a coragem estava associada à ausência de medo. Quanto mais forte e mais corajoso você fosse, menos medo sentiria. Mas essas passagens abririam um buraco nessa linha de pensamento. Embora demorasse mais alguns anos antes de eu vir a entender totalmente e aceitar este ponto de vista, meus olhos começaram a se abrir. Minha jornada para a compreensão foi auxiliada pelo gerente da Série Mundial, quatro vezes campeão, Joe Torre, que escreveu: "Como já amadureci como gerente e como pessoa, tornou-se claro para mim que não podemos ser corajosos se não tivermos medo. Pense nisso: Como podemos saber se somos corajosos a menos que já tenhamos sentido e enfrentado o medo?".³

Para combater o seu medo, não o negue – aceite-o

A grande questão agora era: como encontrar coragem para enfrentar o meu medo de estar longe de meus pais durante a noite? Como eliminar a paralisia mental provocada pelo meu medo?

"Aceite as consequências em potencial antecipadamente e coloque-as em perspectiva", declarou o técnico de basquete duas vezes campeão nacional Dean Smith.⁴

Certamente isso não podia ser verdade. O Smith estava dizendo que eu deveria aceitar o fato de que os cenários de pesadelo dominando meus pensamentos podem ocorrer, que, a fim de enfrentar o meu medo de deixar meus pais, eu deveria aceitar a possibilidade de experimentar um colapso emocional? Eu deveria aceitar a possibilidade de que meus pais poderiam ter de me salvar, como haviam feito tantas vezes antes? Eu deveria aceitar a possibilidade de que, se eu falhasse, poderia ter de vender a casa e perder centenas de dólares?

Honestamente, essa noção parecia ridícula. Ao aceitar que o pior cenário possível poderia se tornar realidade, não me predestinaria a falhar antes mesmo de começar? Phil Jackson, detentor de onze títulos da NBA – o maior número de campeonatos já conquistados por qualquer técnico na história dos grandes profissionais de esportes norte-americanos, usa uma analogia esportiva para explicar a crença do Smith:

> Nossa cultura quer nos fazer crer que a possibilidade de aceitar a perda é equivalente a predispor-se a perder. Mas nem todo mundo pode ganhar o tempo todo; a obsessão em ganhar adiciona uma camada desnecessária de pressão que contrai o corpo e o espírito e, no final, rouba-lhe a liberdade para fazer o seu melhor... Por mais estranho que possa parecer, ser capaz de aceitar a mudança ou a derrota com serenidade dá-lhe a liberdade de sair do chão e se doar por completo ao jogo.[5]

Enquanto a declaração filosófica de Jackson parece um conselho legítimo, achei difícil interiorizar o seu significado, arriscar a experimentar o que você mais teme. Para mim, a maior barreira foi a minha crença de que, se o que eu temia se tornasse realidade, eu nunca seria capaz de me recuperar. Minha vida, para todos os intentos e propósitos, estaria findada.

Encontrei o antídoto para tal apreensão lendo sobre técnicos que admirava e que mesmo tendo passado pelos piores momentos viram suas carreiras florescer. Ao correlacionar o fato de que esses técnicos temiam o que aconteceu com eles, assim como eu temia o que pudesse acontecer comigo, suas histórias eram relacionáveis com meus medos. Embora suas experiências tivessem consequências distintas das minhas (visto que meu foco era a compra da casa), ver suas carreiras irem do fundo do poço para o triunfo deu-me a confiança de que, mesmo se o que me aterrorizava mais se tornasse realidade, eu ainda ficaria bem. Minha vida não acabaria. A dor, o sofrimento e a decepção não durariam para sempre.

Ainda mais reconfortante do que saber que eu poderia suportar um cenário de pesadelo, aprendi com esses exemplos que eu ainda poderia me sobressair no rescaldo. Ainda poderia alcançar meus objetivos quaisquer que fossem. Eu ainda poderia realizar feitos notáveis. Ainda poderia viver uma vida satisfatória.

Adquirir essa confiança e compreensão não eliminou o meu medo, mas fez com que diminuísse sua ferocidade. Sabendo que minha vida ainda poderia ser ótima, independentemente do que aconteceu, me permitiu gerir a minha trepidação em vez de tentar evitá-la. Eu poderia, então, agir com ousadia, combater o medo com exemplos verdadeiros de vida, e não com insustentáveis clichês. Mesmo que meus pesadelos se tornassem realidade, eles não seriam fatais para o trabalho da minha vida.

Em 1941, após servir quatro temporadas como assistente técnico no Alabama e duas temporadas como assistente técnico em Vanderbilt, Paul "Urso" Bryant estava prestes a aceitar um emprego como técnico do time de futebol da Universidade de Arkansas. O que seria uma tremenda oportunidade foi dilacerado por uma inesperada tragédia. Bryant lembra:

> No meu caminho de volta para Vanderbilt, sabia que o trabalho [Arkansas] era meu. Essa foi a indicação que tive. Eu tinha vinte e oito anos de idade e não poderia estar mais radiante e orgulhoso de mim mesmo. Eu queria ser um técnico, e Arkansas era a minha casa. Era domingo, 7 de dezembro. O anúncio foi feito pelo rádio enquanto estava dirigindo em Nashville, que aviões japoneses bombardearam Pearl Harbor. Tive tempo apenas de dar um beijo na Mary Harmon [esposa] quando cheguei a casa. Olá e adeus. No dia seguinte estava em Washington e, pouco tempo depois, estava na Marinha dos Estados Unidos.[6]

Não só o início da II Guerra Mundial criou um grande revés para a carreira de técnico de Bryant, mas, pessoalmente, ele estava deixando sua esposa e filho, sem garantia de que retornaria para casa. Em uma volta terrível de eventos, Bryant foi das alturas de um sonho prestes a ser realizado a um dos piores cenários imagináveis. No entanto, a carreira de Bryant ainda floresceria.

Após cumprir os seus deveres e sobreviver seus anos na Marinha dos Estados Unidos, Bryant tornou-se técnico em três universidades diferentes antes de ser nomeado técnico na Universidade de Alabama, em 1958. Com Crimson Tide, Bryant continuou e se estabeleceu como um dos maiores técnicos de toda a história do esporte. Em vinte e cinco temporadas, ele conquistou seis campeonatos nacionais, treze campeonatos da conferência, e treinou vinte e quatro jogos do Bowl consecutivos. Após sua aposentadoria, Bryant conquistou o maior número de vitórias na história do futebol da faculdade.

Apesar da sequência assustadora de eventos da vida de Bryant diferirem da minha situação, a sua história aplicou-se aos meus medos. A sequência de eventos em sua vida me assegurou que, mesmo se o que eu mais temo tornar-se realidade, a minha vida não vai acabar. Conquistas posteriores de Bryant, apesar das circunstâncias assustadoras que ele enfrentou, deram-me coragem para aceitar que o que eu temia poderia se tornar realidade e aprendi a tomar decisões com base nos meus desejos, e não sobre os meus medos.

TENDO COMO FOCO OS Jogos Olímpicos de 1980, Béla Károlyi havia se tornado um dos mais proeminentes técnicos de ginastas do mundo. Como técnico da equipe romena olímpica feminina em 1976 e 1980, Károlyi levou sua equipe para a segunda colocação na final. Seu futuro parecia estar definido. No entanto, em março de 1981, durante uma turnê de ginástica nos Estados Unidos, o romeno Károlyi decidiu desertar e permanecer nos Estados Unidos, pedindo asilo político. Sua decisão custou caro. Depois de sua deserção, Károlyi foi incapaz de encontrar trabalho, como resultado de histórias da mídia rotulando-a como uma atitude comunista. Desesperado por dinheiro, Károlyi passava as noites em um porto da Califórnia em busca de qualquer trabalho. Ele escreveu o seguinte:

Encontrei alguém que falava russo. O homem com quem falei disse-me que eu encontraria trabalho durante a noite fazendo trabalho braçal, carga e descarga de embarcações, ao longo das docas. Ele me disse que eu receberia US$ 15, talvez mais, se fizesse horas extras. Esse foi o meu primeiro emprego na América.[7]

Em questão de meses, Károlyi passou de uma posição prestigiada de um técnico olímpico de sucesso para ser um desamparado em um país estrangeiro, incapaz de falar a língua, possuindo pouco dinheiro e tendo uma reputação negativa. A pior coisa que se possa imaginar havia ocorrido com a carreira de Károlyi. No entanto, ele ainda floresceria.

Quase um ano depois, um pequeno grupo de investidores trouxe Károlyi para Houston, Texas, para abrir um ginásio. Károlyi rapidamente estabeleceu sua superioridade no mundo da ginástica, guiando dois ginastas para medalhas de ouro olímpicas em 1984. Em 1988, apenas sete anos após ter se visto desamparado na América, Károlyi foi nomeado o técnico da equipe de ginástica feminina olímpica dos Estados Unidos. Em 1992, ele se tornou técnico mais uma vez, levando os Estados Unidos à sua primeira medalha olímpica da equipe na história da ginástica.

Apesar da crise de carreira de Károlyi ser diferente da minha situação, sua história acalmava meus medos. O atalho de sua carreira me mostrou que um conjunto terrível de eventos não significaria o fim dos meus sonhos e da minha felicidade. Sua experiência terrível, seguida por suas notáveis realizações, aumentaram a minha vontade de enfrentar corajosamente o que eu mais temia.

Os nossos piores receios se tornarem realidade pode ser uma força positiva para o bem

A partir das histórias de carreira de Bear Bryant e de Béla Károlyi, ganhei coragem suficiente para andar na corda bamba, apesar de minhas reservas. Mas como continuei procurando pela minha coleção de citações, aprendi algo ainda mais poderoso. Reveses terríveis, perdas e constrangimentos que podem ser considerados "nosso pior medo" não são apenas obstáculos a serem superados. Ao longo do tempo, eles servem como uma força positiva para o nosso bem.

Técnico duas vezes campeão da NBA, K. C. Jones resumiu melhor tal situação, dizendo: "Quando olho para trás na minha vida, parece que os eventos que eu achava que eram reveses ou desvios na verdade eram ou se desenvolveram em etapas e trouxeram a oportunidade que estava um pouco mais à frente".[8]

Técnico cinco vezes campeão da NBA, Pat Riley concordou: "As mudanças na minha vida nem sempre foram na direção que eu esperava... com cada um desses movimentos e mudanças, havia medo. Com cada um, apreciei assustado a sua importância quando aconteceram. Mas de alguma forma cada passo me levou a um lugar melhor".[9]

Em um primeiro momento, essa noção soou um tanto superficial, mas foi plenamente justificada quando olhei além da minha experiência limitada aos caminhos percorridos por aqueles que cumpriram as suas aspirações elevadas. A história dá testemunho de que alguns dos maiores desafios e decepções em sua jornada foram, com o tempo, considerados catalisadores para a obtenção de sonhos. Tal revelação não quis dizer que recebi coisas ruins nem que o meu medo foi eliminado. Ao contrário, por ter essa perspectiva, enfrentar o meu medo se tornou menos intimidante. Eu tinha a certeza de que, mesmo se o que eu mais temia se tornasse realidade, minha miséria não seria em vão. A dolorosa experiência teria algum significado em meu caminho de alguma maneira imprevista, se eu não desistisse ou me rendesse.

Um grande exemplo disso é a forma como John Wooden tornou-se técnico de basquete na Universidade da Califórnia em Los Angeles (UCLA). Após a temporada de 1948 de basquete, foi oferecida a Wooden a posição de técnico, tanto da UCLA quanto da Universidade de Minnesota. Wooden preferiu a posição em Minnesota, uma escola de muito mais prestígio. Mas havia um problema significativo. Foi pedido a Wooden, pela universidade, para manter o ex-técnico como assistente em sua equipe, o que ele não estava disposto a fazer. Enquanto Minnesota discutia o seu curso de ação, Wooden não queria manter UCLA esperando. Wooden deu ao diretor atlético de Minnesota um prazo para informá-lo da decisão da escola. O diretor de esportes concordou e prometeu a Wooden que ligaria por volta das dezoito horas do mesmo dia, quando informaria sua decisão. Wooden ficou chateado por não ter recebido a ligação de Minnesota no prazo combinado. No entanto, tal como prometido, a UCLA ligou às dezenove horas daquele mesmo dia. Assumindo que o pessoal de Minnesota não estava mais interessado em seus serviços, Wooden aceitou a oferta da UCLA. Logo depois, Minnesota ligou e explicou que não havia telefonado mais cedo por causa de uma tempestade de neve que havia desativado todos os serviços de telefonia, em Minneapolis. O pessoal de Minnesota informou que suas exigências haviam sido cumpridas e que queriam que ele fosse o seu próximo técnico. Wooden escreveu: "Se eu tivesse sido capaz de terminar o meu contrato com a UCLA de forma honrosa, o teria feito imediatamente. Mas eu havia dado a minha palavra apenas alguns minutos antes. Se o destino não tivesse intervindo, nunca teria ido para a UCLA".[10]

Parecia que esta lamentável sucessão de eventos impediria Wooden para sempre de gerenciar um programa de basquete de elite. Mas Wooden recusou-se a chafurdar em autopiedade, aderindo à sua crença de que "as coisas saem melhor para aqueles que fazem o melhor de como as coisas saem".[11]

Temido a curto prazo, mas grato a longo prazo, UCLA era exatamente onde ele deveria estar. Em vinte e sete temporadas com os Bruins, Wooden alcançou um sucesso inigualável, ganhando dez campeonatos nacionais e tendo quatro temporadas perfeitas.

DA MESMA FORMA, O TÉCNICO DE FUTEBOL Bill Walsh se tornou uma lenda em parte por causa dos tons mais escuros da vida. De 1968 a 1975, Walsh era um assistente ofensivo proeminente do Cincinnati Bengals sob o técnico do Hall da Fama Paul Brown. Ao longo de seu mandato com os Bengals, havia boatos que Walsh estaria na fila para muitos cargos de técnico. No entanto, de forma cruel, Brown intencionalmente sabotou todas as oportunidades. Walsh descreve um exemplo: "O Seattle Seahawks e os New York Jets estavam procurando técnicos, e eu era um dos três principais candidatos. Mas os dois times pareciam ter perdido o interesse em mim... Em ambos os casos, soube, Paul Brown não intercedeu por mim".[12]

Apesar do enfraquecimento do Brown, Walsh perseveraria e seria nomeado técnico do San Francisco 49ers em 1979. No entanto, a sua recompensa por quase vinte e cinco anos meticulosos para escalar o seu caminho se transformou em um pesadelo de proporções épicas. Os 49ers do Walsh fizerem os desastrosos 2-14 em sua primeira temporada. No ano seguinte, as coisas pareciam estar mais claras quando os 49ers começaram com 3-0, mas a temporada rapidamente caiu em ruínas quando os 49ers perderam os oito jogos seguintes.

Após a oitava perda, as emoções de Walsh não poderiam ser contidas. Mais tarde, ele escreveu o seguinte:

> Passei o voo para casa de cinco horas sentado sozinho. Olhei para fora da janela para que ninguém pudesse me ver em colapso. Era demais para qualquer um. Estava emocional,

mental e fisicamente exausto. Decidi que renunciaria assim que a temporada terminasse, acreditava que havia feito o máximo que podia fazer, e o trabalho havia se tornado muito para mim.[13]

Cruel destino parecia ter levado Walsh para a posição de técnico aos horrendos 49ers. Afinal de contas, se o seu patrão anterior o houvesse ajudado, Walsh estaria treinando uma equipe diferente. Mas, apesar do caminho doloroso que o havia levado àquele presente tortuoso, Walsh lutou contra a tentação de render-se, seguindo sua própria filosofia: "Uma crença, uma convicção são capazes de controlar eficazmente o seu desejo de 'sair e correr'. No limite da atividade, teoricamente falando, você deve estar disposto para possivelmente perecer antes de admitir".[14]

Walsh nunca teria mapeado essa situação dessa maneira, mas por ter sido prejudicado em suas tentativas de conseguir um emprego de técnico com o apoio de Paul Brown, ele foi levado justamente para a equipe certa. A curto prazo, isso não parecia concebível, pois os 49ers perderam vinte e quatro de trinta e dois jogos em suas duas primeiras temporadas. Mas foram precisamente todas essas perdas que construíram a base para uma das maiores dinastias dos NFL. Na temporada seguinte, Walsh levaria os 49ers ao seu primeiro de três campeonatos do Super Bowl em 1980, um feito pelo qual, mais tarde, seria consagrado no Hall da Fama do Futebol.

Confiante, mas com medo

Desses técnicos ganhei táticas específicas que poderia usar para superar o meu medo de estar separado dos meus pais durante a noite.

- De "Urso" Bryant aprendi que, mesmo que uma catástrofe ocorresse, meus sonhos não estariam terminados.
- De Béla Károlyi aprendi que a possibilidade de terríveis acontecimentos ocorrerem não deve dissuadir-me de seguir o que está no meu coração.
- De John Wooden aprendi que, mesmo que os infortúnios aconteçam, coisas maravilhosas ainda podem ocorrer, se eu tirar o melhor proveito da situação.
- De Bill Walsh aprendi que mesmo que as mãos do destino parecerem estar contra mim, bênçãos surpreendentes surgirão, se eu não desistir.

Usando essas táticas, tomei a decisão de enfrentar o meu medo da separação dos meus pais: segui em frente com a compra da casa em Kyle. No mês seguinte, com a aproximação da data da mudança, minhas ansiedades e apreensões cresciam. Muitas vezes pensei que a tarefa que estava diante de mim era demais. Mas todas as vezes que minha mente tentava me convencer de que eu não estava à altura do desafio, repetia as seguintes afirmações:

1. Aceito que eu tenho medo.
2. Não vou deixar o meu medo me impedir.

3. Vou elogiar a mim mesmo por ter a coragem de seguir em frente.
4. Mesmo se o pior acontecer, coisas maravilhosas ainda ocorrerão na minha vida.

Em 23 de outubro de 2003, um dia antes da minha mudança, escrevi este relato otimista no meu diário:

Por vinte e um anos, volto para casa no mesmo bairro e pelas mesmas ruas. Apesar de todas as mudanças que a vida trouxe, minha casa tem relativamente permanecido a mesma. Ela é segura e confortável. Muitas pessoas pensam que não posso viver longe dos meus pais, e por noventa e nove por cento da minha vida, também pensei que não podia. Amanhã, isto tudo termina. Pode não ser muito, mas é muito para mim. Para muitas pessoas isso não seria uma grande coisa. Para mim, considerando os problemas que tive no passado, este pode ser um dos maiores acontecimentos na minha vida. Um dia quero me livrar desse medo completamente. Quero ser capaz de ir a qualquer lugar e viver livremente, sem medo, pelos meus pais ou por mim mesmo... Me sentia tão envergonhado (pelas situações que ocorreram no passado), mas não havia nada que eu pudesse fazer. Existe agora. De alguma forma, isso pode ser a redenção de alguns problemas que tive no passado, esse pode ser um dos acontecimentos na minha vida...

Naquela noite, não dormi nada. Eu estava muito ansioso e nervoso. No dia seguinte, após horas de mudança, me vi sozinho em minha nova casa, na incerteza da escuridão, a vinte minutos da minha zona de conforto. A ansiedade e a apreensão que sempre havia experimentado começaram a borbulhar dentro de mim. Porém, dessa vez, em vez de entrar em pânico, disse a mim mesmo que não havia nada de errado em sentir medo. Ter medo não significava que não poderia fazer aquilo ou que eu era fraco. Eu era corajoso e forte por assumir o risco.

Armado com minhas afirmações, um minuto se passou, depois cinco minutos e, finalmente, trinta minutos se passaram. Em seguida, como se fosse uma intervenção divina, minha mente se acalmou, e eu caí em um repousante sono sem ligar para os meus pais e sem ataques de pânico.

Demorei vinte e três anos mas finalmente havia feito isso. Mais do que apenas passar uma noite longe dos meus pais, havia finalmente aprendido a ficar cara a cara com um dos meus maiores terrores e a não ser controlado por ele. Embora não tenha nenhum reconhecimento por isso, nenhuma medalha de coragem, nenhuma indicação ao Hall da Fama, o orgulho que senti por ter enfrentado um dos meus maiores temores era enorme. Não importava o que as pessoas pensariam, eu sabia que havia acabado de fazer algo espetacular.

Embora não houvesse percebido isso na época, como um resultado direto daquela etapa, ganhei a coragem que me permitiria três anos depois assumir um emprego como preparador físico em uma liga de beisebol menor. Esse trabalho obrigava-me a ficar longe de casa, em Estados tão longe quanto Washington, diversas vezes, por muitos dias. Não é grande coisa para alguns, mas considerando as dificuldades que eu havia experimentado, nunca pensei que seria capaz de fazer uma coisa dessas.

Ainda mais notável, na conclusão da temporada de beisebol, fui capaz de fazer o que não teria sido possível a menos de três anos antes. Mudei-me para um local distante várias horas da casa de meus pais, em Nova Orleans, Louisiana, para me tornar o técnico e preparador físico da Universidade de Nova Orleans. Adquirir essa posição foi a concretização de um sonho que, em uma relação um pouco diferente, tive muito medo de tentar vários anos antes como atleta.

MEDOS continuam se apresentando, mas desenvolvi um arsenal de táticas que me permitem prevalecer sobre o medo, na forma que for preciso. Posso estar com medo, mas não tenho medo de tentar.

CAPÍTULO 3
ATITUDE

POR TODA A MINHA VIDA, minha mente operou da mesma maneira: pessimista, cínica, descontente, sempre olhei para o lado escuro. Descarto as coisas boas que ouço sobre mim mesmo e lembro-me apenas das coisas ruins. Transformo o menor inconveniente em um desastre completo. Quando olho para o futuro, imagino o pior cenário possível.

A seguir, um trecho do meu diário que ilustra a minha propensão para esse tipo de pensamento:

> 23 de março de 2002, 1h26min
> Quando acordei esta manhã, temia o dia que estava por vir. Estava imerso em um mundo de raiva, depressão e auto-

piedade. Não gostava de me sentir assim, mas ao mesmo tempo, não tentava lutar contra esses sentimentos. Sentia que a vida havia me jogado uma bola na curva. Sentia-me totalmente justificado para permitir-me sentir mal e odiar o mundo

Acordei um pouco antes das oito horas, treinei alguns atletas durante uma hora, voltei para casa, tomei café e voltei para a cama. O meu único desejo naquele momento era de alguma forma poder dormir durante o dia todo, assim não teria de enfrentá-lo mais. Quando acordei, por volta de uma hora, não tinha nada para fazer, além de escutar as vozes negativas em meu cérebro e ver o filme de imagens desencorajadoras na minha cabeça. Senti-me tão decepcionado, tão vitimizado, tão traído, tão magoado. A vida, ao que parecia, para todos os efeitos, não poderia ser pior.

Eu precisava de algo para fazer, então entrei no meu carro e fui à biblioteca. Ao ouvir música durante o percurso, as lágrimas não paravam de cair. Meus sonhos haviam se acabado. *Por que eu? Por que tenho que ser torturado assim?*

Fiz uma varredura na biblioteca, verifiquei alguns livros e voltei para casa. Durante aquele momento, minha vida parecia tão sem sentido. Não estava torcendo para acontecer um acidente, mas não parecia ser uma má opção se isso ocorresse. Sabia que estava exagerando, mas havia perdido a esperança. Minha vida não tinha sentido. Não entrei em colapso completamente, como teria acontecido há alguns anos atrás, mas terríveis emoções feriam meu interior do mesmo jeito.

Agora, sentado na escuridão, todos os demônios corriam para cima de mim novamente. *Odeio isso. Gostaria de nunca acordar. Espero morrer esta noite. Nada que valeria a pena foi deixado para mim. Por favor, alguém, me mate esta noite.*

Talvez você esteja se perguntando o que provocou esses pensamentos. Posso assegurar-lhe que era inconsequente. Tudo que você precisa saber é o seguinte: os negativos se apegam a mim como sanguessugas, me drenando de toda esperança. Um dia era tão horrível quanto parecia, o dia seguinte era a insatisfação com o meu *status* na vida. Um minuto era o medo de nunca encontrar uma mulher que fosse cuidar de mim, e no minuto seguinte era o pensamento de que eu não era digno de ser amado por completo.

Se alguma coisa na vida veio junto, o que eu mesmo tinha que reconhecer que era uma coisa boa, eu era incapaz de apreciá-la, pois antecipava o seu colapso. Quando as calamidades esperadas finalmente aconteciam, me torturava por ter deixado que elas acontecessem.

Não me prendia apenas em pensamentos negativos do momento, esticava meu alcance de volta no tempo, habitando todos os últimos passos em falso que havia dado, todas as falhas que possuía. Como um promotor, construía um caso e recolhia provas contra mim mesmo. Cada falha, cada deficiência era como outra acusação contra mim, mais uma ferramenta para humilhar minha vida e ridicularizar o meu propósito. O caso era sólido, era bem construído, e as provas eram abundantes.

Odeio o meu trabalho. Nunca deveria ter rompido com Desiree. Não acredito como fui estragar tudo. Nunca vou ser nada na vida.

A negatividade geralmente se acumulava, inchando-se dentro de mim até que sentia que iria estourar. Quando não conseguia segurar minhas emoções por mais tempo, elas saíam em jorros e pessoas próximas a mim sofriam também. A amizade e o amor eram recompensados com a descarga de minha frustração, raiva e decepção. Inicialmente, essas almas inocentes tentaram me confortar, pensando que eu deveria estar em um dia ruim. Rapidamente descobriram que todos os dias eram dias ruins para mim, e seus cuidados e apoio não eram páreo para a energia negativa que eu irradiava. Sob o peso do meu castigo pessoal e dos meus pensamentos descontentes, todos se distanciavam de mim.

Em 16 de maio de 2004, escrevi no meu diário sobre uma menina que estava namorando:

> Shauna me disse hoje que quer dar um tempo e que ela não consegue lidar com a minha negatividade mais. Ela disse que tenho sido tão negativo a mim mesmo, que esse efeito negativo começou a ter impacto nela. Sabia que ela ficava triste com a minha atitude em relação a mim mesmo, mas nunca pensei que chegaria a isso. Minha negatividade me tirou alguém que era muito positiva.

Subprodutos da minha negatividade me machucaram gravemente, principalmente por não querer ser negativo. Não gostava do fato de ser um pessoa melancólica, mas não sabia ser de outra forma. Minha falta de otimismo parecia refletir a minha realidade deplorável.

Eu era negativo sobre a minha aparência, por terem dito tantas vezes ao longo da minha vida que eu era feio. Eu era negativo sobre a minha psique, porque eu sofria de crises de depressão e ansiedade. Eu era negativo sobre a minha vida, pois os membros da família estavam morrendo a cada ano. Eu era negativo sobre a minha carreira de técnico, porque estava constantemente cometendo erros e encontrando reveses significativos. Era negativo sobre o meu futuro, pois ouvia constantemente que não era capaz.

Como poderia cultivar uma atitude positiva quando minha vida parecia estar cheia de negatividades?

A resposta, eu descobri, era simples: "Você determina a sua atitude", declarou o técnico da equipe feminina de futebol, vinte e uma vezes vencedor do campeonato nacional, Anson Dorrance.[1] O lendário técnico de boxe Angelo Dundee concordou: "Na vida, há pensamentos positivos e negativos. E não lhe custa um centavo a mais pensar positivamente".[2]

Técnico duas vezes vencedor do campeonato nacional de futebol, Bobby Bowden ilustrou essa verdade com uma história:

Um pregador me disse uma vez que, basicamente, existem dois tipos de pessoas neste mundo: as pessoas felizes e as pessoas infelizes. A pessoa feliz acorda de manhã, sai da cama, olha pela janela e vê que está chovendo e diz: "Puxa, está chovendo. Que dia lindo!".

A pessoa infeliz acorda e olha para fora e vê a mesma chuva e diz: "Ah, está chovendo. Que dia péssimo!".

E o pregador disse: "De qualquer maneira, vai chover".[3]

Mais do que encontrar coisas positivas – devemos criá-las

Eu entendi o ponto de vista do pregador: a atitude era uma escolha totalmente sob meu controle. Pude entender aquela verdade até certo ponto. Mas uma coisa é ser positivo sobre a chuva, e outra coisa é ser positivo sobre circunstâncias lamentáveis, como a perda de um ente querido, perda de um emprego ou sofrer de uma doença grave. A realidade é que não há literalmente nada de positivo em que se concentrar.

Como poderia ser positivo em tais situações desagradáveis?

"Pegue qualquer situação", respondeu o renomado técnico de tênis Brad Gilbert, "não importa o quão ruim ela seja, e encontre algum resultado positivo nela".[4] Técnico de basquete três vezes campeão nacional, Jim Calhoun concordou, acrescentando: "Negativos podem tornar-se positivos. Sim, eles podem, se houver um pouco de imaginação".[5]

O conselho soou ingênuo. Soou como algo que você poderia ler em um livro de autoajuda ou ouvir em um discurso motivacional, algo que pode soar bom, mas não é realmente prático. Ações falam mais alto que palavras, e com certeza eu nunca havia testemunhado qualquer pessoa que fosse realmente capaz de manter uma atitude positiva por pura criatividade sozinha. Mas, para minha surpresa, nas páginas das autobiografias dos técnicos mais lendários de esportes, encontrei vários exemplos nos quais técnicos, confrontados com situações desanimadoras, criaram a sua própria realidade positiva.

Embora esses exemplos não se comparem à perda de um ente querido, ter uma doença grave ou outros eventos verdadeiramente catastróficos que podem ocorrer na vida, pude ver como os princípios básicos da criação de uma atitude positiva poderiam ser aplicados. Em momentos de grande crise, Phil Jackson e Joe Torre optaram por usar a energia criativa para a construção de perspectivas e cenários que fossem positivos em uma situação sombria.

NAS FINAIS DA NBA DE 2000, os Los Angeles Lakers eram o time a ser batido. Eles tinham um elenco repleto de estrelas de jogadores liderados pelos dois melhores de todos os tempos da NBA, Shaquille O'Neal e Kobe Bryant, e foram treinados por Phil Jackson, que havia ganho seis campeonatos anteriormente como técnico do Chicago Bulls.

Os Lakers haviam cruzado pela temporada regular indo de 67-15, fazendo o campeonato da NBA parecer uma mera formalidade.

Na primeira rodada das finais, as coisas estavam indo como planejado, quando os Lakers jogaram os dois primeiros jogos da melhor série de cinco contra a última equipe da Conferência Oeste, os Sacramento Kings. No entanto, em um desenvolvimento chocante, os Kings conseguiram recuperar, vencendo os dois jogos seguintes e assim forçando um quinto jogo de "vai ou morre".

Os Lakers, favoritíssimos para ganhar o campeonato, estavam à beira da eliminação na primeira rodada. Suas circunstâncias eram decididamente negativas. Refletindo sobre o que havia acontecido, Jackson escreveu o seguinte:

> A mídia teve um dia de campo. Sua teoria é que qualquer time que tenha perdido os jogos mais recentes nunca ganhará novamente. Pelas informações da mídia, os Lakers estavam caindo aos pedaços, todas as nossas fraquezas foram reveladas, e nós estávamos condenados a perder o jogo cinco.[6]

De todos os ângulos, a situação parecia sem esperança. Pior cenário: os Lakers íam perder e estariam fora das finais no que seria a maior final da NBA. Melhor das hipóteses: os Lakers ganhariam, mas ter ido a um jogo decisivo contra o menor cabeça-de-chave da liga não era um dos melhores presságios para continuar e ganhar um campeonato.

No entanto, Jackson encontrou uma maneira de transformar todos esses pontos negativos em algo positivo, dizendo:

> Obviamente não gostei de ter de ir ao limite, qualquer coisa pode acontecer em um jogo decisivo de uma série de finais – uma lesão, problemas por falta de um jogador-chave, troca de um jogador de linha por um jogador de banco. Ao mesmo tempo, eu realmente acreditava que um jogo tão crucial seria bom para nós e acreditava que subiríamos para a ocasião. Tivemos de aprender a nos endurecer ante a pressão extrema, como jogar sob um exame minucioso dos oficiais.[7]

As palavras de Jackson foram proféticas. Os Lakers venceram cinco jogos contra os Kings e chumbaram pelos Phoenix Suns na Conferência das Semifinais. Isso criou uma das melhores partidas das sete séries com os Portland Trail Blazers para decidir quem iria para as finais da NBA. Semelhante com o que haviam feito com os Kings, os Lakers marcharam para um 3-1, apenas para perder os dois jogos seguintes, forçando mais uma vez um jogo decisivo de "matar ou morrer", para ver qual equipe avançaria. Como na rodada de abertura contra os Kings, os Lakers pareciam estar à beira de um colapso nas finais. Isso se tornou quase uma certeza quando os Lakers viram-se abaixo por treze pontos no final do terceiro trimestre.

Mas a crença anterior de Jackson nos benefícios de um temido jogo "matar ou morrer" contra os Kings na rodada de abertura provou ser precisa. "Endurecidos pela extrema pressão", como Jackson havia colocado, os Lakers foram capazes de montar o maior jogo de sete, o retorno do atacante da história da liga, derrotando os Trailblazers 89-84. Avançando para as finais da NBA, os Lakers passaram a ganhar o campeonato da NBA, bem como mais dois em 2001 e 2002.

A partir de uma situação negativa e temida que nenhuma equipe jamais gostaria de enfrentar, Jackson criou pontos positivos que não podiam ser vistos, de forma que ajudou uma das maiores dinastias da NBA de todos os tempos.

POUCAS PESSOAS RECEBEM uma mensagem mais clara do que a que Joe Torre recebeu em sua carreira de jogador e de gerente. A mensagem, que não parecia uma questão de opinião, mas um fato, foi repetida várias vezes: "Joe Torre nunca chegará às Séries Mundiais".

Torre era um apanhador de estrelas, jogava há dezoito anos no maior nível da liga e em suas próprias palavras: "A cada temporada, sonhava em chegar às Séries Mundiais".[8] Mas os sonhos de Torre nunca foram alcançados. Ele não só deixou de jogar em uma Série Mundial, como nenhuma das equipes com que ele jogou chegou às finais. Para piorar a situação, na série de eventos crueis, o que Torre encontrou no meio caminho de sua carreira só intensificou o seu desgosto.

Em 1969, Torre quase foi negociado com os New York Mets, mas acabou sendo negociado com os St. Louis Cardinals. Torre parecia estar com sorte com as mudanças, pois os Cardinals haviam estado nas Séries Mundiais nos dois anos anteriores. Infelizmente para Torre, os Cardinals não só não foram para as Séries Mundiais em 1969, como terminaram em quarto lugar na sua divisão. Como se isso não fosse bastante desanimador, a equipe anterior de Torre, o Atlanta Braves, venceu a Divisão Oeste. Ele continuou: "E com quem é que eles jogaram na Série do Campeonato na Liga Nacional? Os Mets, naturalmente. A equipe pela qual não fui negociado. Comecei a pensar que eu era a nuvem negra, e assim pensaram alguns dos meus companheiros da equipe dos Cardinals mais bem-humorados".[9]

Negado seu objetivo final de carreira, o sonho não realizado de Torre de participar de uma Série Mundial como um jogador podia ser descartado como um mero caso de falta de sorte – simplesmente, muitos da liga principal nunca chegaram à uma Série Mundial. No entanto, este desejo não realizado também se estendeu para sua carreira como técnico.

Torre começou sua carreira de técnico com os Mets, de 1977 a 1981. Os Mets nunca chegaram às finais, e ele foi demitido. Em sua temporada inaugural em 1982 como técnico do Atlanta Braves, sua equipe finalmente participou das semifinais, mas os Braves logo saíram, perdendo em três jogos seguidos. Nos dois anos seguintes, a maré de azar de Torre continuou e os Braves não chegaram às semifinais. Ele foi demitido novamente. Após seis anos como radialista, Torre conseguiu o que parecia ser sua última chance de uma aparição na Série Mundial, quando foi nomeado técnico do St. Louis Cardinals. No entanto, em seis temporadas, assim como antes, a Torre foi negado o seu sonho. Os Cardinals não conseguiram chegar às semifinais e, pela terceira vez, Torre foi demitido.

Torre, então com cinquenta e cinco anos de idade, havia sido demitido por todas as equipes pelas quais já havia jogado e contava com um registro gerencial nada desejável de 894 vitórias e 1.003 derrotas. Em trinta e três temporadas, como jogador e técnico, Joe Torre nunca havia chegado à Serie Mundial.

Notavelmente, os New York Yankees em 1996 estavam dispostos a dar a Torre uma outra chance. Alguém pode se perguntar qual era o propósito. Torre havia provado, tanto como jogador quanto como técnico, que nunca chegaria a uma Série Mundial. Os Yankees não eram um grande prêmio na época, visto que só haviam estado nas semifinais uma vez em treze temporadas anteriores. Pior ainda, seu proprietário, altamente volátil e imprevisível, George Steinbrenner, havia substituído o técnico do time doze vezes durante esse período de treze anos.

Após tantas decepções, parecia evidente que Torre estaria se preparando para mais uma. Por que ele deveria acreditar *que* dessa vez seria diferente, quando o seu passado inteiro previu a continuação de fracasso?

A resposta é a seguinte: se ele baseasse sua atitude nos resultados de sua carreira até aquele momento, ele seria incapaz de acreditar que essa oportunidade produziria um resultado diferente. A evidência de que seus sonhos da Série Mundial nunca se tornariam uma realidade era avassaladora. Portanto, a única maneira de ter quaisquer aspectos positivos quando ele entrou em seu novo emprego com os Yankees era se ele os criasse.

Foi exatamente isso o que ele fez.

"Sou basicamente um otimista", diz Torre. "Não podia deixar passar outra chance de fazê-lo até outubro. Em vez de ver isso como um último deslize inevitável em decepção, eu o vi como uma sólida oportunidade com uma equipe talentosa e um proprietário que, independentemente de sua reputação, estava comprometido a ganhar."[10]

Depois de um recorde da liga principal de 4.272 jogos como jogador e técnico, a mais longa espera que alguém havia sofrido no beisebol, Torre, em 1996, finalmente chegou à Série Mundial. O que se tornou uma das maiores dinastias da história do beisebol, os Yankees sob a liderança do Torre, de 1996 a 2007, ganharam quatro campeonatos das Séries Mundiais e alcançou a Série Mundial em seis vezes. Em 1998, após a segunda participação dos Yankees no campeonato da Série Mundial sob a sua orientação, Torre, em seu livro *Joe Torre's Ground Rules for Winners*

(*Regras básicas de vencedores*), atribuiu essa reviravolta à tomada de uma atitude positiva. "Se eu não tivesse tido uma visão positiva, teria recusado a oferta ou me aproximado do meu novo cargo com uma atitude ruim. Certamente não teria dois troféus da Série Mundial em meu poder para mostrar."[11]

A experiência de Joe Torre prova o poder de criar uma atitude positiva para efetuar um resultado positivo.

Só porque você não vê ou imagina qualquer razão para se sentir positivo em relação a si mesmo, não significa que não há uma razão

Minha batalha para melhorar a minha atitude, no entanto, era mais do que apenas uma mudança do meu processo de pensamento. Antes que pudesse encontrar ou criar pensamentos positivos e verdadeiramente acreditar neles, tive de aceitar que eu era digno de me sentir bem com minha vida e comigo mesmo. Em uma estranha reviravolta, sempre sentia mais dor ao *lutar* contra os pensamentos negativos do que quando qualquer coisa negativa me afligia. Por quê?

Ao longo de minha vida, esperava as coisas ruins, por isso, quando aconteciam, para mim era fácil e confortável me dar uma surra e me debruçar sobre todas as coisas negativas. Quando conscientemente comecei a me esforçar de fato para pôr um fim nos pensamentos negativos e concentrar-me em aspectos positivos ou na criação de bons pensamentos, quando necessário, não só gastei uma enorme quantidade de esforço, mas minha mente instintivamente rejeitava minhas tentativas. Ao tentar me sentir bem com minha vida e comigo mesmo, descobri que, na verdade, me sentia pior. Não sentia que merecia felicidade quando tinha um trabalho sujo e ganhava pouco dinheiro. Não sentia que merecia ser positivo quando os meus resultados eram negativos. Não sentia que poderia aceitar a minha vida quando não estava onde queria estar. Não sentia que deveria ter permissão para encontrar e criar pensamentos positivos quando era tão defeituoso.

Tive muito apoio dos meus pais e de amigos mais próximos, os quais ecoavam palavras como as do técnico de futebol do campeonato nacional Lou Holtz: "Não há ninguém como você no mundo. O que poderia ser mais bonito ou atraente do que algo tão raro?".[12] Tal confiança e encorajamento eram benéficos e, às vezes, forneciam aquela força de que precisava, mas continuava achando difícil me permitir ser feliz quando a realidade da minha vida não parecia justificar a felicidade. As coisas começaram a mudar, no entanto, quando li os exemplos dos técnicos que admirava, passando por momentos em que as suas carreiras estavam embaraçosamente ruins. Se eu estivesse em seus lugares durante suas épocas difíceis, teria pensado em mim mesmo como inútil, estúpido e inadequado. Teria me sentido indigno de qualquer coisa boa na minha vida. Teria me considerado indigno de felicidade.

Mas as conquistas posteriores desses técnicos mostraram o porquê tal autodegradação era errada. Suas jornadas, que iam de falhas embaraçosas a realizações monumentais, eram uma permissão para que eu fosse positivo comigo mesmo, mesmo quando a realidade não parecia justificar esse feito. Os seus esforços para encontrar e criar pensamentos positivos, mesmo quando havia pouco a ser positivo, foi como uma autorização para que eu fizesse o mesmo. Ao mesmo tempo que o eventual sucesso desses técnicos fazia com que parecessem melhores do que eu, e, portanto, mais merecedores de serem positivos consigo mesmos, eu tinha provas de que, mesmo nos meus piores dias, eu não poderia ser pior do que eles. Tendo isso em mente, sempre tinha razão para ter esperança e para ser positivo comigo mesmo. Se eles lutaram tanto, e ainda foram capazes de tais aspectos positivos, eu tinha todos os motivos para acreditar que eu poderia também.

Em 1988, Mack Brown, em sua primeira temporada como técnico de futebol da Universidade da Carolina do Norte, foi de 1-10. No ano seguinte, os Tar Heels do Brown foram de 1-10 novamente, tornando o recorde da carreira do seu técnico um sombrio 19-48 ao longo de seis temporadas. Nessa temporada de 1989, houve uma perda humilhante para a Marinha. Veja como Brown a descreveu:

> No meu segundo ano na Carolina do Norte, perdemos para a Marinha, 12-7, e foi a primeira vez em três anos que a Marinha havia ganho de uma equipe de Primeira Divisão. Após o jogo, fui para o meu carro, sentei e chorei, pois sabia que tínhamos jogadores melhores e havíamos perdido um jogo que não deveríamos ter perdido.[13]

Aparentemente, Brown não tinha motivos para se sentir bem consigo mesmo ou com sua capacidade como técnico. Sua meia dúzia de anos de azar pareciam refletir o que ele era, o que ele poderia ser, e o que ele seria, e nada disso era bom. Mas Brown não era o tipo de pessoa que ouvia por muito tempo esses demônios da negatividade. Certa vez, ele disse: "Você pode acabar com sua vida sendo negativo".[14] Mas, em vez disso, Brown optou por ter uma atitude positiva, mesmo durante os tempos sombrios. "Não adianta se machucar pelo fracasso. Só funciona se você pegar essa negatividade e transformá-la em algo positivo."[15]

Começando com a temporada seguinte, em 1990, até os dias atuais, as equipes do Brown na Carolina do Norte e atualmente na Universidade do Texas perderam em apenas uma temporada. Incluído nesse período está o campeonato nacional, nove temporadas de dez ou mais vitórias e dezoito aparições nos jogos do Bowl.

O desvendar do futuro de Mack Brown me deu motivo para ser positivo sobre eu mesmo, inclusive quando ser positivo parecia injustificável; me permitiu olhar para o futuro com alegria e expectativa, mesmo quando o passado não deu nenhum incentivo para tal otimismo.

APESAR DE PARTICIPAR das semifinais por três anos consecutivos, incluindo uma aparição na NBA, K. C. Jones foi demitido como técnico dos Washington Bullets em 1976. "Isso é o maior nível de rejeição a que se pode chegar. Havia sido um vencedor em público, agora eu era um perdedor público", Jones contou.[16] "Comecei a desmoronar como homem. Fiquei muito envergonhado diante da minha esposa e dos meus filhos."[17]

Se houvesse qualquer ponto positivo que Jones pudesse tirar de suas realizações como técnico, todos eles foram negados no ano seguinte (1977), quando, como assistente com os Milwaukee Bucks, ele foi demitido após uma temporada. Jones mais tarde escreveu o seguinte:

> Eu disse que o disparo das balas haviam me arrasado. Acho que isso é verdade. Ser demitido pelos Milwaukee quase me destruiu. Eu já havia sido rebaixado como técnico e aprendi que não poderia ter outra chance de fazer isso. Agora, o mundo do basquete sabia que eu não consegui manter o trabalho de um assistente. Minha vida no basquete havia chegado ao fundo do poço. O que eu faria? O que eu podia fazer?[18]

Parecia que Jones era indigno de qualquer ponto positivo sobre o seu futuro de técnico ou sobre si mesmo. Seu passado instável e cheio de quedas levava a crer que sua carreira havia acabado. Mas Jones se recusou a chafurdar nas águas turvas de pontos negativos do passado. "A verdade é", escreveu Jones, "que eu nunca me debrucei sobre o passado. O que aconteceu, aconteceu".[19] Em vez de acreditar que seu futuro seria apenas uma continuação de um passado fracassado, Jones criou pontos positivos a respeito de si mesmo, o que permitiu que ele continuasse após aquele passado negativo. "Você deve acreditar em si mesmo, que é forte o suficiente para deixar-se falhar em público e dar a volta por cima e tentar novamente."[20]

Em 1983, seis anos depois, Jones foi demitido como assistente técnico dos Bucks e foi nomeado técnico dos Boston Celtics. Em cinco anos com os Celtics, Jones levou a equipe a aparições em quatro finais da NBA e em dois campeonatos da NBA.

O sucesso de K. C. Jones deu-me motivos para ser positivo comigo mesmo quando parecia haver poucas razões para otimismo, para ter mais do que apenas fé; deu-me uma certeza – um futuro positivo me esperava sob os escombros da minha vida atual.

O trabalho da criação e da manutenção de uma atitude positiva é perpétuo e difícil, mas ambas são possíveis e imperativas

Se você questionar a capacidade de mudar a estrutura do seu ser, se você quer saber se você está destinado a ser eternamente torturado por seus pensamentos subconscientes, se você duvida que sua atitude pode ser alterada, a transformação da minha atitude é um caso de esperança para você.

Apesar de criar e manter uma atitude positiva ter sido e continuar sendo um dos desafios mais difíceis da minha vida, isso pode ser feito. Embora eu ainda lute com pensamentos negativos e ainda seja suscetível a manter os pensamentos negativos na minha vida, eu sei que posso ser positivo. Mesmo não gostando de ter de gastar energia e esforço para trabalhar na minha atitude – e, francamente, sinto-me mais jovem fazendo isso –, eu entendo que o trabalho deve ser feito.

Após anos de prática, hoje raramente tenho um pensamento negativo que não seja seguido de um, dois, três ou mesmo quatro positivos. Quando algo de ruim acontece em um dia, eu me lembro de algo bom que aconteceu no dia anterior ou foco no potencial de grandes coisas que podem acontecer amanhã. Quando olho no espelho e fico enjoado com o que vejo, desenho sobre coisas que gosto. Quando analiso a minha vida e penso o quanto ela poderia ter sido melhor, ou como não fiz o suficiente até este ponto, eu me certifico de identificar e ser grato por todas as coisas boas que tenho e todas as realizações que conquistei.

Após ter me dedicado incansavelmente a moldar e administrar meus pensamentos, mesmo quando a situação é terrível e minha mente está cheia de desânimo, agora sou capaz de criar pontos positivos. O maior exemplo disso foi a minha mudança de mentalidade após o suicídio de meu tio, em 15 de abril de 1997.

A morte de um ente querido não oferece muita oportunidade para sermos positivos. Para mim, nada de bom poderia vir da tragédia do suicídio do meu tio. Ele se foi, e para aqueles que foram deixados para trás e forçados a lamentar a perda, nada pode aliviar a angústia. Odiei tê-lo perdido. Odiava ver a dor que causou ao meu pai. Odiava as emoções que brotaram. Durante anos, isso foi tudo o que consegui juntar da sua morte. Essa é a realidade do que estava lá.

Desafiado pelo que havia lido, para encontrar ou criar pontos positivos, porém, mesmo nos momentos mais sombrios, comecei a pensar se algo de bom poderia vir de algo tão trágico. No início, era difícil até mesmo pensar, pois o queria muito de volta. Mas, com o tempo, achei que pontos positivos poderiam ser extraídos até mesmo de uma situação desagradável.

Meu tio lutou uma batalha ao longo da vida contra o alcoolismo, e embora ele tenha ido à reabilitação várias vezes, ele nunca ficou sóbrio por muito tempo. Ele queria dominar seus demônios, mas não estava disposto a fazer o que fosse necessário, durante o tempo necessário, para ficar sóbrio.

Enfrentei uma situação parecida com os meus próprios demônios: ataques de pânico, depressão e ansiedade. Eu queria que eles fossem embora, trabalhei duro para que isso acontecesse, mas achei agonizante fazer continuamente o que fosse necessário para eliminá-los. Enquanto lutava contra a angústia e a fadiga, muitas vezes oscilando em desistir da minha busca, a morte do meu tio tornou-se um ponto de encontro para mim.

Eu vi aonde desistir e ceder a seus demônios poderia levar. Eu vi a dor e o sofrimento que tal decisão poderia provocar nos outros. Sabia que não queria ter o mesmo destino. Cada vez que pensei em desistir, pensava no meu tio. Eu queria superar o que ele não foi capaz de superar. Eu queria viver a vida que ele nunca viveu. Embora seja impossível saber o quão importante sua morte foi para a minha recuperação ou a cadeia de eventos que poderia ter sido evitada, uma coisa é certa: a sua morte causou um profundo impacto no curso da minha vida e, creio eu, o impacto acabou por ser positivo. Certamente não quero esquecer a tragédia de sua morte. Mas agora eu acredito fervorosamente que, mesmo quando algo horrível acontece na vida, em algum momento, algo positivo ainda pode surgir desse acontecimento.

PERCEBO O QUÃO fácil é resmungar e franzir a testa sobre a abundância de negatividades em nossas vidas. Sei o que as palavras fúteis e histórias que promovem uma atitude positiva parecem quando sua vida está cheia de horrores. Sei o quão inútil a criação de uma atitude positiva pode parecer quando você está cansado e fraco, em meio a períodos prolongados de adversidade e tormento.

No entanto, apesar do meu ceticismo e das dúvidas, eu sei a importância de criar e manter uma atitude positiva. Não é fácil, e tudo pode murchar sem um esforço de sustentação, mas criar e manter uma atitude positiva é a coisa mais importante que podemos fazer para nos dar uma vitória sobre os aspectos negativos da vida e nos colocar em um caminho para coisas melhores.

CAPÍTULO 4
CRÍTICA

DURANTE O CURSO da minha vida, tenho ouvido repetidamente que sou feio. Portanto, eu sou. Foi-me dito várias vezes que nunca seria nada na vida. Portanto, não serei. Tenho repetidamente feito coisas para sentir que não sou bom o suficiente. Portanto, não sou.

As críticas, mais do que qualquer coisa, acentuam minha autoimagem negativa e alimentam as sempre presentes dúvidas que tenho sobre mim mesmo. Por mais dolorosa e devastadora que seja, tanto quanto qualquer outro trauma que já tenha suportado, a crítica tem sido um dos elementos que mais colaboraram na formação da minha própria essência.

Neste ponto, você provavelmente tem algumas perguntas.

Por que devo me preocupar com o que alguém pensa sobre mim? Por que a crítica de alguém me incomoda tanto? Por que não posso apenas me sentir bem comigo mesmo, independentemente do que os outros pensam? A resposta simples: é que não tenho nenhuma razão para acreditar no contrário.

Toda a minha vida tenho sofrido repetidas humilhações por causa da minha aparência. Já ouvi comentários dolorosos e piadas sobre o meu físico magro e sofri com provocações implacáveis sobre a minha pele pálida.

Em 19 de setembro de 2002, escrevi o seguinte no meu diário:

> Cada vez que alguém me chama de albino, eu só quero chorar. Não é culpa minha que tenho a pele clara, foi assim que Deus me fez. A culpa é dele pelas pessoas sempre me colocarem para baixo pelo jeito que sou. Nunca fiz piada dos outros por causa de sua aparência, mas não sou tratado da mesma forma. Fui chamado de anoréxico, albino e feio repetidas vezes, e cada comentário rasgou-me por dentro.

Mesmo quando tentei bloquear esses comentários críticos e me convencer de que estavam errados, não tinha a evidência para provar que estavam incorretos.

Desde a escola primária, tinha muitas amigas. Elas amavam conversar comigo ao telefone por horas e de sair comigo nos fins de semana, mas raramente eu tinha uma namorada. Era bastante óbvio para mim o porquê elas gostavam de ser minhas amigas, mas nunca mais nada do que isso.

Em 18 de março de 2003, refleti sobre isso em meu diário:

Na quinta série, Elizabeth gostava de outro cara mais do que de mim. Na sexta série, Christina terminou comigo em menos de um dia. Na sétima série, Nicole nunca me deu bola. Na oitava série, Amy gostava de outro cara mais do que de mim, novamente. No nono ano, Laura gostava de outro cara mais do que de mim. Na faculdade, era a mesma coisa com a Leighanne, e agora é a mesma coisa com a Chelsea. É sempre a mesma coisa.

Mas, hei, eu só preciso bloquear tudo isso. Não deveria deixar ninguém me convencer de que sou feio. Não deveria me preocupar com o que os outros dizem sobre mim. Não deveria ficar incomodado com todas essas garotas me rejeitando. Claro, vou deixar tudo isso para trás.

Mas não o fiz. Não podia. Não havia nenhuma razão para não acreditar nas críticas.

Como poderia ter qualquer confiança em mim mesmo quando, além dos elogios dos meus pais, os outros me diziam repetidas vezes que eu não era bom? Fui capaz de ignorar uma ou duas críticas, mas estava sobrecarregado de juízos críticos, recebendo esta mensagem consistentemente: eu não era bom o bastante.

Do ensino médio até a faculdade, os professores e administradores me diziam frequentemente que eu era um preguiçoso, um encrenqueiro, alguém que estava indo na direção errada. No atletismo, me diziam que eu era muito pequeno, muito fraco, muito lento, e não era um líder. No meu penúltimo ano, o meu técnico de futebol do time da universidade me disse que eu não era "dominante o suficiente" ou um "bom jogador" para jogar futebol universitário. Alguns anos em minha carreira de preparador físico, alguns dos meus superiores me diziam que eu não era tão bom quanto pensava que eu era.

Em 24 de outubro de 2002, descrevi os meus sentimentos de rejeição em meu diário:

> Em todos os meus anos de colegial e da faculdade, tudo o que eu queria e precisava era que algum professor ou técnico acreditasse em mim. Isso teria sido uma grande influência positiva na minha vida. Mas, ao contrário, eles me esqueceram. Eles me viam sempre por baixo, o garoto magro do esporte e o aluno que não levava os seus estudos a sério. Eles me viam como um aspirante no esporte e um preguiçoso na escola. Em última análise, comecei a me ver como eles me viam, e isso doía muito.

No entanto, não havia chegado à conclusão de que eu era inferior sem luta. Ao longo dos anos, tentei continuamente acreditar que eu não era o que os meus professores e técnicos diziam que eu era. Mas, com o passar dos anos, a minha realidade parecia apoiar suas críticas. Fiquei suspenso por um período; no colégio, eu quase não me formei dentro da média de cinquenta por cento da minha classe; na faculdade, eu só mantive C de média. Como um jogador de futebol no colegial, nunca completei todo o percurso; na minha carreira de preparador físico, os meus pedidos de emprego nem sequer mereceram uma resposta, muito menos uma oferta de emprego.

Mas, hei, toda essa negatividade está no passado. Amanhã é um novo dia. Deveria sentir que sou bom o suficiente para tudo o que quero fazer. Por que deveria me manter nesta situação e ser afetado pelas palavras dos outros? Afinal de contas, o que eles sabem? Claro, vou seguir adiante.

Mas não o fiz. Não podia. Não havia nenhuma razão para não acreditar nas críticas.

Mesmo contra a crítica justificável, uma crença perseverante em si mesmo, muitas vezes, trará reivindicações surpreendentes

Toda essa crítica, juntamente com a afirmação que fazia sobre mim mesmo, fez-me sentir impotente e sem força. Minha autoconfiança estava esmagada, a dúvida a respeito de mim mesmo era astronômica, minha autoestima era nula. Minhas inseguranças foram expostas, e o meu papel no mundo parecia irrelevante.

Respostas acadêmicas não podiam quebrar os grilhões psicológicos de críticas. Clichês e conselhos rimados não podiam levantar minha mente após os julgamentos negativos que vieram no meu caminho.

Sou o que as pessoas dizem que sou. A evidência é esmagadora. Não tenho nenhuma razão para duvidar dos outros.

O primeiro passo para afrouxar o laço de críticas que havia sido enrolado no meu pescoço foi descobrir que mesmo alguns dos maiores técnicos de esportes de todos os tempos experimentaram esses momentos cruciais quando as críticas dirigidas a eles foram justificadas, e as realidades escuras do momento não poderiam ser negadas. No entanto, apesar de todas as evidências parecerem apoiar esses comentários críticos, eles estavam errados. Esses técnicos eram muito melhores do que os outros perceberam e as circunstâncias mostraram. Eles possuíam qualidades especiais que não podiam ser vistas no momento, mas seriam reveladas no tempo certo.

Ver esses técnicos me trouxe uma esperança real, um verdadeiro otimismo e uma evidência de fato, e não apenas promessas vazias que poderiam ser emitidas por qualquer pessoa. Esses técnicos viveram um momento de graves críticas e haviam emergido vitoriosos. Aqui estava a prova de que mesmo quando as pessoas pareciam ter me rotulado, quando pareciam estar absolutamente corretas em dizer que havia algo de errado comigo e que eu estava destinado à mediocridade, essas pessoas, na verdade, poderiam estar erradas.

Eu não sou o que as pessoas dizem que sou. Eu não sou a falha que a vida parece estar indicando. Eu sou especial. Há uma razão para eu não desistir de mim mesmo.

EM QUATRO TEMPORADAS (1970 a 1973) como técnico de futebol na Universidade de West Virginia, Bobby Bowden não havia feito nada que pudesse dar indícios de que ele era um técnico que poderia levar uma equipe a um nível de elite. Ele havia compilado um recorde decente 29-16, mas os Mountaineers nunca haviam vencido um jogo do Bowl nem terminado dentro do *ranking* dos melhores vinte e cinco nacionais.

Bowden deixou de ser considerado decente e passou a ser visto como completamente péssimo em 1974, quando, em sua quinta temporada, teve o seu pior ano com os Mountaineers, terminando em 4-7. Como Bowden relatou, os fãs fizeram questão de que ele soubesse o que achavam das suas habilidades de técnico:

> Um inflamado M-80 na minha caixa de correio residencial. Outro telefonou para a nossa casa com ameaças de morte contra a minha filha caçula. Tinta foi derramada no carro da família. Um pedaço de aço foi jogado contra a porta da frente da minha casa. Dizeres depreciativos foram exibidos em torno da cidade, e alguns estudantes universitários queriam me ver enforcado.[1]

Ainda mais desanimador foi que as pessoas mais próximas a Bowden tornaram-se muito críticas em relação a ele. Mais tarde, Bowden escreveu o seguinte:

> Comecei a ter um monte de críticas por parte de pessoas que eu achava que eram meus amigos. Eu era próximo de várias pessoas em West Virginia, mas algumas delas realmente me deram as costas. Eram pessoas com as quais eu gostava de estar e jogar golfe com elas, por exemplo. Isso realmente machuca, porque nunca havia tido nenhum problema de relacionamento com as pessoas. Não podia acreditar que estavam fazendo aquilo apenas porque tínhamos perdido alguns jogos de futebol.[2]

Enquanto a violência e as ameaças não podiam ser toleradas, o descontentamento dos fãs era claramente justificável. Bowden tinha tido cinco anos como técnico, tempo mais do que suficiente para recrutar os seus jogadores e implementar o seu sistema, mas os resultados foram abaixo da média. Era evidente que ele não era um técnico de elite. Os críticos sabiam disso, e seus resultados o provaram.

A prova foi esmagadora. Não havia nenhuma razão para Bowden não acreditar nas críticas.

Mas, apesar de seus críticos, que armados com provas substanciais previam mais anos banais pela frente, Bowden se recusou a ser intimidado por seus detratores. Ele disse: "Tomei uma decisão deliberada para ficar mentalmente forte ou sair do treinamento".[3] Em vez de permitir que seus críticos determinassem o seu futuro, Bowden extraiu mais de dentro de si mesmo para determinar o seu curso. "Você nunca agradará a todos o tempo todo. Então, sua melhor aposta é viver de acordo com princípios elevados, seguir o seu próprio bom senso, ficar com suas armas em tempos de adversidade e deixar as fichas caírem onde podem."[4]

Bowden fez exatamente isso.

Começando em 1975, Bowden provou enfaticamente que as críticas podem ser bastante enganosas. Nessa temporada, Bowden levou os Mountaineers a um recorde de 9-3, uma vitória do Bowl e um *ranking* nacional entre os vinte melhores. Após a temporada concluída, Bowden aceitou a posição de técnico da Universidade Estadual da Flórida, onde, durante as trinta e quatro temporadas seguintes, ele se estabeleceu como um dos maiores técnicos da história do futebol da faculdade. Aposentou-se após a temporada de 2009. Bowden havia ganho 304 jogos com os Seminoles, dois campeonatos nacionais e esteve a catorze anos consecutivos, sem precedentes (1987-2000), entre os cinco melhores no *ranking* nacional.

Em 1974, Bowden havia tido todos os motivos para acreditar que a crítica empilhada sobre ele era verdade. Ele tinha todos os motivos para desistir de si mesmo. Mas sua notável jornada, que foi de ser "enxovalhado em praça pública" a ser eleito para o Hall da Fama do futebol universitário, mostrou-me que nunca devo permitir que os julgamentos críticos das pessoas definam o que penso de mim mesmo. Sua carreira mostrou que eu era especial, apesar de circunstâncias que fizeram parecer o contrário. Tive a capacidade de fazer coisas únicas, apesar de os outros estarem convencidos de que eu não podia.

COMO TÉCNICO do Tampa Bay Buccaneers de 1996 a 2001, Tony Dungy fez um trabalho notável, transformando o humilde time em uma equipe altamente competitiva. No entanto, ser competitivo e ser capaz de ganhar um Super Bowl são duas coisas muito diferentes. Em cinco de suas seis temporadas no comando, Dungy havia guiado os Buccaneers para as semifinais, mas nunca a um Super Bowl. Acreditando que ele era bom, mas não bom o suficiente para carregá-los nas costas e levá-los a uma vitória do Super Bowl, os Buccaneers demitiram Dungy após a temporada de 2001.

A demissão parecia justificada quando, no ano seguinte, como técnico do Indianapolis Colts, a equipe de Dungy perdeu mais uma vez no primeiro jogo das semifinais em 41-0. Enquanto isso, o substituto de Dungy em Tampa Bay, Jon Gruden, havia feito o que Dungy não havia conseguido: levou os Buccaneers à vitória do Super Bowl. Como Dungy contou, não foi um momento fácil:

> Um ano depois de ter sido demitido pelo Tampa Bay, minha família e eu estávamos em Tampa para as três semanas mágicas do Bucs durante as semifinais. O frenesi do Super Bowl estava em toda parte, no jornal, no rádio, na televisão, nas conversas de todos. O comentário que sempre ouvia era: "Graças a Deus Jon Gruden veio para terminar o trabalho de Tony Dungy". Foi doloroso ouvir isso. Jon e os jogadores foram gentis em seus comentários sobre mim, e eu apreciei isso, mas aquelas três semanas ainda eram difíceis. Estava animado pela equipe, e, claro, os jogadores estavam em êxtase. Mas ainda doía não estar lá com eles.[5]

Mais duas temporadas seguidas com os Colts fazendo aparições nas semifinais, mas ainda sem aparições no Super Bowl. Finalmente, em 2005, parecia inevitável que Dungy iria provar a todos os seus críticos que estavam errados e ganharia esse indescritível Super Bowl. Os Colts começaram a temporada com um recorde de 13-0, mostrando claramente que eles eram o time que ganharia. No entanto, assim como antes, a equipe de Dungy perdeu o seu primeiro jogo das semifinais novamente por pouco. Seus críticos eram muitos, e Dungy sabia disso. "Ouvíamos dos especialistas que nossas oportunidades haviam terminado, que nunca iríamos ganhar o grande jogo."[6]

Dungy certamente havia provado seu valor como um técnico muito bom na NFL, mas era evidente que ele não tinha o que era necessário para levar uma equipe a uma vitória do Super Bowl. Dez temporadas como técnico, oito aparições nas semifinais, um registro de 5-8 nas semifinais e nenhum Super Bowl. Ele era bom até um certo nível, mas não bom o suficiente para um Super Bowl. Os críticos sabiam, e seus resultados provaram isso.

Mais uma vez, a evidência era avassaladora. Não havia nenhuma razão para Dungy não acreditar nas críticas.

Mas, mesmo com o seu destino aparentemente selado, Dungy não desistiu. Ele comentou: "Suas opções são reclamar ou olhar para a frente e descobrir como melhorar a situação".[7]

Dungy escolheu melhorar a si mesmo.

Na temporada seguinte, Dungy liderou os Colts ao Super Bowl, onde derrotaram os Chicago Bears por 29-17. O técnico, que mostrou claramente que não poderia ganhar o Super Bowl, fez história ao se tornar o primeiro técnico afro-americano a conquistar a vitória do Super Bowl.

Na conclusão da temporada de 2005, todas as evidências apontavam que Dungy nunca obteria êxito. Mas sua vitória no Super Bowl em 2006 é mais uma prova do porquê nunca devo desistir de mim, mesmo se os meus resultados são pobres e as críticas dirigidas a mim são justificáveis. Sua carreira mostra que sou muito melhor do que as circunstâncias e do que as pessoas dizem que sou. Tenho o que é preciso para realizar os meus sonhos, independentemente do meu passado ou do que as pessoas dizem.

O que para os críticos parece uma fraqueza pode ser uma grande força

O próximo passo para lidar com as críticas e eliminar o que empacava minha vida foi ver como, muitas vezes, técnicos foram criticados por estratégias e filosofias, para mais tarde serem elogiados pelos mesmos ideais de treinamento. Esse aprendizado tem sido extremamente benéfico para mim, para lidar com críticas, rótulos e julgamentos negativos. Isso me dá a perspectiva única de que, talvez, ser criticado pode realmente ser o indício de uma coisa boa. Lembro-me disso toda vez que estou abalado; tento acreditar que a crítica referida a mim é correta.

Isso demonstra que nem todas as críticas são infundadas ou que deveria ignorar uma crítica construtiva. Em vez disso, essa perspectiva permite que eu mantenha o equilíbrio e não conclua automaticamente que, se alguém me critica, deve estar certo; é preciso ter um curso de ação com base nos comentários e críticas recebidos. Como a história a seguir mostra, manter o rumo e ser paciente pode transformar o que os outros consideram como negativo em um determinado momento em algo que as pessoas elogiarão no futuro.

Em 1977, os Tar Heels de Dean Smith, da Carolina do Norte, foram derrotados no jogo do campeonato nacional. A perda marcou a quinta vez sob Smith, a Carolina do Norte havia estado no Final Quatro e não havia ganho o campeonato. Após a perda, o estilo de treinamento de Smith foi fortemente controlado. Seus críticos diziam que suas equipes nunca ganhariam um campeonato nacional, pois o sistema que ele empregava não permitiria isso. Em sua autobiografia, *A Coach's Life* (*A vida de um técnico*), Smith explicou:

> Após aquele jogo [1977, campeonato nacional], tivemos de lidar com os críticos que questionaram a nossa filosofia. Eles disseram que éramos muito conservadores para ganhar um campeonato nacional. Frank Barrows, um escritor respeitado do *Charlotte Observer*, escreveu uma análise exaustiva do programa, na qual ele nos acusava de darmos muita importância à consistência, o que nos impedia de subir para as grandes alturas necessárias para fazermos um torneio de sucesso. Foi dito que nunca ganharíamos um título, enquanto fôssemos tão programáticos.[8]

No entanto, Smith não se abalava pelas reivindicações de seus críticos e os comentários de que aqueles eram os seus pontos fracos. "Em trinta e seis anos de treinamento da Carolina do Norte de basquete", ele escreveu, "nunca tomei uma única decisão com base no que pensei que os críticos diriam depois. Nem nunca me preocupei com isso. Antes de mais nada, porque seria privado de toda a minha eficácia (a não ser que fosse algo com que pudesse aprender)".[9]

Apegando-se às suas crenças, Smith foi defendido cinco anos mais tarde, quando os seus Tar Heels venceram o campeonato nacional de 1982. Além disso, desmentindo seus

críticos, Smith acrescentou um segundo campeonato nacional em 1993.
O estilo peculiar de Smith nunca mudou, mas seus críticos mudaram. Sua biografia no Salão da Fama do Basquete começa elogiando o estilo de treinamento pelo qual ele já havia sido castigado:
Além de ser um vencedor incrivelmente consistente, o legendário técnico Dean Smith era um inovador. No início de sua carreira, ele começou a mexer com o jogo, concebendo o delito "Quatro Cantos" e concebendo a desorganização da falta de linha. Seu impacto sobre a estratégia e as táticas de basquete também se estenderam desde a criação do sinal de fadiga para implementar a defesa da corrida e salto. Equipes do Smith eram conhecidas por suas brincadeiras altruístas, ótimo trabalho em equipe, e uma defesa tenaz de homem a homem.[10]

Mesmo com o sucesso, sempre haverá críticas

Após a leitura das histórias do Bowden e do Dungy, e as histórias do Smith, a questão para mim tornou-se entender como tais situações são possíveis. Como pessoas consideradas tão grandes, com atributos que agora sabemos ser dignos de honra, tinham sido tão criticadas?

"Quanto mais bem-sucedido você é", escreveu John Wooden, "mais crítica você receberá".[11]

Será que isso é verdade? Não parece lógico.

"É um preceito difícil de entender", disse o técnico campeão do Super Bowl Brian Billick, "que até mesmo a realização seja passível de crítica".[12]

É tão difícil de entender, que até mesmo o técnico de basquete três vezes campeão nacional Bob Knight precisava ter um lembrete. Knight explicou: "Enquanto estava em Bloomington, eu tinha uma placa na parede do meu escritório com uma citação do General George S. Patton:

> Você tem de ser sincero, focar-se apenas em uma coisa em que você decidiu... E se parece que você pode estar chegando lá, todos os tipos de pessoas, incluindo algumas que você achava que eram suas amigas leais, de repente se mostram ser detestavelmente hipócritas, lhe denegrindo e quebrando o seu espírito.[13]

A conclusão que desenhei a partir de tais percepções parecia absurda: a ausência de crítica não é "sucesso". A ausência de rótulos e julgamentos negativos não é triunfar totalmente. Pelo contrário, mesmo com o sucesso, sempre haverá opositores. Nunca teria acreditado em uma conclusão tão ilógica até que vi quantas vezes o paradoxo se tornou realidade. Inúmeros são os exemplos de técnicos criticados, deixados de lado e impiedosamente alvo de feitos monumentais.

Um dos exemplos mais pungentes foi a decisão histórica do ex-técnico da Universidade do Texas-El Paso Don Haskins de iniciar cinco jogadores afro-americanos contra uma equipe da Universidade de Kentucky, onde todos eram brancos, em 1966, no campeonato nacional da NCAA. Para esse movimento pioneiro, você pode pensar que Haskins seria elogiado por sua capacidade de ver a cor da pele como uma barreira do passado. Mas, como Haskins relatou mais tarde, ele foi criticado impiedosamente:

> Qualquer um que disser que a nossa equipe de 1966 foi homenageada em todo o país pelo que realizamos estará mentindo. Fomos amados em El Paso. E, certamente, havia negros que nos viam na televisão e não podiam acreditar em seus olhos e amaram o que fizemos. Mas a instituição e os meios de comunicação eram completamente contra nós. Éramos párias. Éramos vilões. Éramos os "condenados". Não éramos vistos como heróis.[14]

Embora tais críticas tão severas logicamente parecem indicar que Haskins havia feito algo errado, os fatos afirmam que a decisão do Haskins foi um dos feitos mais heróicos da história. Sua decisão punha em movimento a desagregação das equipes de basquete universitário no sul do país e ajudou a mudar o panorama do atletismo da faculdade. Em 1997, Haskins foi reconhecido por sua corajosa ação ao ser introduzido no Hall da Fama do Basquete.

A história de Haskins é a prova de que até mesmo os maiores sucessos são atacados. Ele mostra que as críticas e os julgamentos negativos podem ser mais do que uma represália da qual podemos nos envergonhar. Críticas e julgamentos podem ser cicatrizes de batalha obtidas quando se estava fazendo o que é certo. Podem ser algo de que devemos nos orgulhar.

Quando você é abatido, julgado mal, humilhado ou desacreditado, tenha a audácia de acreditar que você é muito maior do que qualquer um possa imaginar

À luz dessas histórias, a minha opinião sobre a crítica mudou de repente. Não significa que gosto de ser criticado mais do que gostava antes. Como o gerente campeão da Série Mundial Whitey Herzog disse: "Não gosto de ser criticado o tempo todo, ninguém gosta de ser criticado o tempo todo".[15] Tampouco significa que agora é menos doloroso do que sempre foi ouvir uma crítica.

O que ele quis dizer foi que, por causa do empate entre a crítica e o sucesso, agora conseguiria ver que o desejo de ser bem-sucedido significava tomar a decisão de suportar a dor das críticas. Afinal, "quanto mais bem-sucedido sou, mais crítica receberei". Técnico quatro vezes campeão nacional de basquetebol, Mike Krzyzewski afirmou: "Seguir seus planos, seus compromissos, seus sonhos, mesmo quando todo o mundo está dizendo que você não pode, isso é coragem".[16]

Para enfrentar críticas e prevalecer com coragem e confiança, eu me concentro nestes cinco conceitos:

1. Não importa o quanto um comentário consiga me definir, sei que existe mais para mim do que o que as pessoas dizem.
2. Meu destino não está ligado aos comentários críticos dos outros.

3. O ponto pelo qual sou criticado, na verdade, pode ser a minha melhor qualidade.
4. Lembro-me de que não há como evitar críticas. Mesmo sendo bem-sucedido, ainda serei criticado.
5. Examino esses comentários críticos como comentários úteis.

Claro que não é sempre que acredito imediatamente e implemento essas coisas, principalmente quando um comentário crítico, na verdade, é uma picada. Portanto, tenho continuamente voltado às histórias desses técnicos para reafirmar a minha crença. Elas sempre ajudam, pois não são meras opiniões, são fatos. Esse recurso tem sido uma enorme ajuda para mim, pois as justificativas aos comentários críticos dos outros geralmente não vêm amanhã, na próxima semana, ou até mesmo no próximo ano.

Suas histórias me permitem descartar a inclinação de desistir e parar de acreditar em mim mesmo, mesmo quando me dizem que não serei capaz de alcançar meus objetivos e as previsões dos meus críticos parecem ser justificadas. Nunca os apelos à rendição foram respondidos por uma força maior de ação do que na minha carreira de preparador físico.

Quando comecei a treinar como estagiário na Universidade do Estado do Texas, estava constantemente escrevendo e ligando para dezena de técnicos universitários e preparadores físicos para saber sobre oportunidades de emprego. De todas essas tentativas, só recebi resposta de uma. Estava em êxtase com apenas uma única resposta. O preparador físico da NFL me ligou para me dar conselhos úteis sobre a minha carreira. No entanto, suas palavras quase esmagaram o meu sonho de me tornar um técnico e preparador físico e trabalhar com atletas de elite. Ele me disse que nesta profissão há poucos empregos e muita gente queria estar neste campo. Ele disse que eu precisava de um plano B, uma vez que a minha probabilidade de conseguir um emprego e ter uma carreira de sucesso neste campo era bem vaga. Quando ele desligou, eu estava arrasado. Aquele era um cara que havia chegado ao nível da elite dizendo-me que eu provavelmente não chegaria lá.

De muitas maneiras, eu sabia que ele estava certo. Não tinha nada no meu passado que provasse que eu poderia ter sucesso como um preparador físico. Não tinha provas suficientes de que eu estava no caminho certo. Minha mente começou a pensar, naturalmente: É isso aí, está tudo acabado. Está na *hora de encontrar outra coisa. Alguém que tem muito mais experiência e conhecimento do que eu me disse que eu provavelmente não conseguirei, então deve ser verdade.*

No entanto, esses sentimentos foram extintos rapidamente. Tinha as histórias de Bowden, Dungy, Smith e Haskins para provar que as críticas dos outros e opiniões negativas não eram previsões precisas do que viria pela frente. Não gostei do que o técnico havia dito, mas isso não tornou sua opinião verdadeira. Em vez de desistir do meu sonho, continuei trabalhando, e continuei lutando. Continuei encontrando maneiras de acreditar em mim mesmo, mesmo quando não havia muito em que acreditar.

Hoje, como vivo o meu sonho, um sonho de trabalhar com atletas profissionais, um sonho que um dia foi "improvável", penso sobre o quanto teria perdido se tivesse permitido que comentários de outras pessoas determinassem o meu curso. Recusar-se a aderir não foi fácil, mas, persistindo e recusando-me a desistir de mim mesmo, o futuro trouxe realizações surpreendentes que antes pareciam improváveis.

MESMO QUANDO AS PESSOAS deixam claro que não sou muito atraente, não me sinto mais como se eu fosse a pessoa mais feia do mundo. Ao contrário, sou capaz de dizer a mim mesmo que isso é apenas uma opinião. Tenho a prova com as histórias desses técnicos de que as pessoas fazem avaliações erradas o tempo todo. Tendo meus olhos abertos para essa perspectiva, agora sou capaz de reconhecer que o que uma pessoa acha feio alguém pode achar atraente.

Essa tranquilidade permitiu-me não desistir ou diminuir os meus padrões com as mulheres, por exemplo. Anos atrás escrevi: "Frequentemente saio por aí para convidar garotas para sair. Convidei por volta de uma dúzia de garotas nos últimos meses e apenas uma aceitou o meu convite".

Apesar desses períodos dolorosos de completa rejeição, fui capaz de lutar contra a crença de que um ótimo relacionamento nunca viria. Fui capaz de rejeitar as vozes interiores que me diziam que os meus padrões eram muito altos. Os triunfos dos técnicos, apesar das severas críticas que receberam, fizeram-me acreditar que doze respostas negativas me colocaram a um passo de um sim, se eu me recusasse a me render.

Durante os meus momentos mais baixos e mais solitários, quando senti que eu nunca teria um relacionamento sério com uma menina, foquei nas histórias daqueles técnicos para um vislumbre de esperança – de que um dia teria um relacionamento sério. Surpreendentemente, eu tive. Depois de muita persistência, finalmente encontrei a mulher dos meus sonhos, uma mulher que fez todos os dolorosos anos de rejeição valerem a pena, uma mulher que fez o que antes parecia impossível: me amar por quem eu sou, até as qualidades pelas quais fui uma vez criticado. Olhando para trás e pensando em quantas vezes estava pronto para desistir, e como a única coisa em que acreditava era que nunca iria ter um relacionamento sério, o que parecia impossível nos momentos tristes de solidão tornou-se possível com o tempo e a persistência.

AJUDADO PELAS HISTÓRIAS e encorajamento desses técnicos, fui capaz de lidar e superar um distúrbio conhecido como dismorfia muscular, que havia me atormentado desde a adolescência. A dismorfia muscular é definida por psiquiatras como "uma preocupação excessiva com a própria musculatura e/ou aparência".[17] Para mim, esse distúrbio se manifestou através do meu medo de ser rotulado como "magro" ou "fino" por outros.

Criado por minhas inseguranças naturais e provocações frequentes, quando tinha treze anos de idade, era obcecado em levantamento de pesos e na construção do meu corpo. Enquanto a maioria usava o levantamento de peso e a construção do corpo como uma forma saudável de exercícios, eu tinha um objetivo em mente: ter um corpo musculoso, enorme, para que eu nunca fosse chamado de magro novamente. O problema é que, não importava o quanto eu tentasse, não importava o desenvolvimento muscular que havia ocorrido, não importava o suplemento que aparecesse no meu caminho, nunca me achava grande o suficiente. Vivi todos os dias com medo de ouvir que eu era magro. Se nove pessoas me dissessem que eu tinha um corpo musculoso e uma pessoa me dissesse que eu era magro, eu aceitava a opinião solitária de que eu era magro. O medo de ser criticado e a obsessão com o meu corpo cresceram substancialmente a cada ano que passava.

No colégio, tinha tanto medo de que as pessoas zombassem do tamanho do meu corpo que nunca tirava a minha camisa na frente dos outros. Tornei-me tão autoconsciente do que achava ser um defeito físico que eu não poderia passar por um espelho sem parar para analisar eu mesmo. Toda imagem refletida convencia-me de que meu corpo não era grande o suficiente. Torturado por este pensamento, continuei levantando pesos diariamente, obcecado com os treinos, e ficando perturbado se perdesse um.

No primeiro ano na faculdade, sabia que tinha um problema, mas não conseguia me livrar do medo de ser chamado de magro. Meu mal-estar com esse rótulo cresceu a um nível ridículo. Ao longo de várias semanas, meticulosamente mantive uma lista comparando meu tamanho de corpo ao de outros homens. Eram mais ou menos musculosos do que eu? Cada vez que via um rapaz, colocava "X" na coluna apropriada de sim ou não. Tal preocupação foi a minha tentativa de aumentar a minha baixa autoestima e superar o meu medo de ser criticado pelo tamanho do meu corpo. Talvez se eu tivesse um lista provando que eu era maior do que a maioria dos caras, não teria mais medo das críticas. Porém, tais tentativas nunca funcionaram.

Entrando nos meus vinte anos, o meu problema só estava piorando. Os relatos no diário das idades de vinte e dois anos a vinte e três ilustram melhor a extensão dos meus problemas. Em 9 de outubro de 2002, escrevi o seguinte:

> Quando olhei no espelho esta noite, minha descrição seria de um indivíduo de médio porte. No geral, eu diria que pareço um cara que treina, mas não parece particularmente grande ou bom. Isso me deixa doente. Trabalho tão duro, e tenho trabalhado por tanto tempo, que gostaria de estar melhor. Sei que provavelmente nunca estarei satisfeito, mas gostaria de poder me sentir seguro sobre mim mesmo e sobre o meu corpo... Que efeito isso teve em mim, sabendo que desde a oitava série tenho treinado religiosamente, e aqui estou até hoje tentando afastar as críticas e ainda não gostando do que vejo no espelho.

Mesmo quando era elogiado, não estava satisfeito. Sentia que as pessoas que faziam tais comentários amáveis, na verdade, estavam tirando sarro de mim e fazendo uma piada cruel a meu respeito. Isso foi relatado no meu diário em 15 de outubro de 2002:

> Mais uma vez hoje, na sala de musculação e na classe, as pessoas comentaram o quão grande eu sou. Estou muito en-

vergonhado até mesmo em escrever isso, pois só de pensar nisso me deixa desconfortável. Não me sinto grande, e, quando olho no espelho, sei que não sou grande. Pareço um cara que levanta pesos, mas não fiz muito progresso. Assim, em palavras mais simples um "quero ser". Não quero mais críticas voltadas ao meu corpo.

Em 24 de março de 2003, resumi melhor o que acreditava ser a cura para todos os meus males. "Se eu pudesse ter um corpo maior, mais musculoso, tudo na minha vida seria muito melhor." No entanto, apesar dessa inabalável crença ter sido carregada por mais de uma dúzia de anos, eu nunca encontrei a felicidade ou confiança a partir dos resultados da construção de meu corpo. Mesmo depois de me transformar de um magrelo de sessenta e três quilos em um cara forte de oitenta e três, alguns anos depois, nunca encontrei nenhum alívio para o meu medo de ser criticado.

Minha autoconfiança só ficou melhor quando comecei a fazer um esforço consciente para não permitir que a crítica ditasse como eu me sentia sobre mim mesmo. O processo começou quando li essas histórias dos técnicos, histórias que me motivaram a lutar contra o meu medo de ser chamado de magro. Minha inspiração diária veio de ver o quão forte eram aquelas pessoas em lidar com a quantidade enorme e dolorosa de críticas acumuladas sobre elas. Ser forte dessa maneira tornou-se um objetivo para mim. Queria imitar as suas forças. Queria olhar para os meus próprios problemas com as críticas e ser firme face aos comentários críticos. Esse processo tornou-se uma tremenda fonte de orgulho e algo que com o tempo eu apreciaria.

Não só lutava incansavelmente para ser forte, mas trabalhei incansavelmente para mudar a forma como eu pensava sobre a crítica dirigida ao meu corpo. Constantemente reforçei a mim mesmo que ser zombado pelo tamanho do meu corpo não era o fim do mundo nem era necessariamente um reflexo preciso do meu físico. Disse a mim mesmo que o que uma pessoa considerava um corpo ruim, outra poderia considerar um corpo perfeito. No que pode parecer uma lógica complicada, eu ainda disse a mim mesmo que, se fosse para ser criticado pelo meu físico, um juízo tão negativo era uma coisa boa. Para alguém gastar o seu tempo e energia apenas para me criticar, era uma forma de elogio. Decidi usar comentários negativos como um distintivo de honra, sabendo que "quanto melhor meu corpo estivesse, mais crítica receberia".

No início, essa batalha contra o meu medo de ser chamado de magro parecia inútil, pois as minhas inseguranças continuaram invadindo minha mente sem piedade.

Mas lutando para ficar forte e constantemente reaplicando o que eu havia aprendido sobre a crítica, o meu medo dos comentários dos outros lentamente começou a minguar. Comecei a me preocupar menos e menos com o que as outras pessoas pensavam; portanto, a minha própria obsessão com o meu corpo começou a diminuir. De pesar oitenta e três quilos, me sentindo pequeno e morrendo de medo de quaisquer comentários críticos sobre o meu corpo para o meu peso atual de setenta e sete quilos, alheio ao tamanho do corpo, de forma indiferente com aquilo que alguém diz sobre o meu físico, finalmente estou feliz e seguro com o meu corpo. Eu me exercito não para apaziguar ou evitar comentários de outras pessoas, mas para o bem da minha saúde. Procuro manter e melhorar o meu físico não por obsessão, mas porque é um desafio que vale a pena cumprir. Minha vida é muito melhor.

QUANDO VOCÊ ESTÁ desanimado e atormentado devido às críticas, deixe essas histórias lhe oferecerem esperança. Deixe-as serem lembretes de que o seu destino não está vinculado à opinião dos outros ou ao que eles podem dizer sobre você. Deixe os exemplos desses técnicos chamarem a coragem e não permita que as críticas e as duras realidades do momento intimidem-no e o afastem de seus objetivos e sonhos.

CAPÍTULO 5
PERDA

PERDER me faz querer me destruir. Se sofro uma perda em competições de atletismo, empreendimentos profissionais ou relações pessoais, anseio infligir grande dor sobre mim. Não uma dor física, mas a dor que aflige a alma.

Um exemplo dessa autopunição é exibido no seguinte trecho do meu diário:

> Não tenho nenhum propósito na vida... Sou uma decepção... Não sou único... Não sou especial... Nunca vou me perdoar. Vou me torturar minuto a minuto até que toda a felicidade suma... Alguém deveria acabar com a minha vida... Eu me odeio e sempre me odiei... Continuarei me dilacerando até que meu corpo e minha mente não aguentem mais... Ago-

ra estou começando a ficar louco. Quero continuar inflingindo dor em mim, eu mereço. Eu mereço essa dor e mereço ser sozinho e deprimido.

Esse manancial de emoções negativas e autorrecriminação me faz o candidato menos provável para promover a mensagem de perder tal benefício. Mas, após superar duas grandes perdas que pensei que não suportaria, muito menos as achei benéficas, agora acredito na importância de perder. Aprendi que as sementes de nossas visões mais elevadas estão enraizadas na perda. E aprendi que a chave para preencher o que está em nossos corações não é evitar as perdas, mas sim controlar o modo como reagimos a elas.

No verão de 2001, fui transferido para a Universidade do Estado do Texas para concluir a minha licenciatura. Enquanto matriculado como estudante, também me voluntariei como preparador físico no departamento atlético. Desde o primeiro dia de trabalho, soube imediatamente que ser um preparador físico era o eu queria fazer. Amei trabalhar com os atletas. Amei interagir com os técnicos. Amei fazer parte das equipes.

Diferentemente da maioria dos voluntários, que se limitam a ajudar as equipes e limpar a sala de musculação, imediatamente foi-me dada a responsabilidade de projetar, implementar e supervisionar os programas de velocidade e de resistência do tênis e do golfe feminino. Essas tremendas responsabilidades produziram em mim um crescimento emocional monumental. O cumprimento, a confiança e a autoestima que ganhei da minha posição diminuíram a minha depressão e aliviaram minha ansiedade. Ajudar os outros a desmistificar os *seus* demônios e alcançar *seus* sonhos era a *minha* terapia.

Pelos três anos seguintes, continuaria ganhando força emocional em um ritmo rápido, coincidindo com as minhas conquistas e credenciais como técnico. Por meio da experiência, preparação e observação, aprendi mais e mais sobre como ser um líder eficaz. Todos os dias, parecia que estava ganhando um nível maior de respeito dos jogadores e técnicos. Melhorias físicas foram feitas em treinos com a minha sugestão, e campeonatos da conferência foram conquistados no campo, reforçando a minha autoestima.

A inferioridade que havia sentido na minha adolescência e nos meus vinte e poucos anos começaram a diminuir, e o ódio por mim mesmo começou a diminuir também. Embora antes meus pensamentos estivessem sempre tentando me dizer que eu não era bom o suficiente, que eu não valia nada e que a minha existência sobre a terra era irrelevante, agora eu tinha atletas e técnicos constantemente me dizendo que eu estava fazendo um ótimo trabalho e o quão importante eu era para eles. Eu tinha uma razão para viver. As pessoas estavam contando comigo, e, o mais importante, como minhas conquistas aumentaram, eu sabia, sem dúvida, que as pessoas precisavam de mim.

No outono de 2004, apenas três anos após ter começado como um voluntário, havia trabalhado muito e cheguei à posição de assistente graduado do preparador físico, responsável pelos times de basquete, golfe, *softball*, e vôlei feminino. Vendo a rapidez com que as minhas responsabilidades aumentaram, juntamente com os constantes dizeres do quão importante eu era, meu próximo objetivo – de me tornar um técnico e preparador físico por tempo integral – parecia plausível.

Em maio de 2005, uma tempestade perfeita parecia estar se formando. Meu chefe (meu técnico olímpico e preparador físico) foi demitido e, visto que eu era o seu assistente direto, assumi a responsabilidade de técnico interino e preparador físico de todos os esportes olímpicos (todas as equipes, exceto futebol). Foi uma grande oportunidade, uma tremenda responsabilidade, e aquela que sabia que iria vencer.

Ao longo das semanas seguintes, as coisas não poderiam ter se desenrolado de maneira melhor. O departamento de atletismo tomou a posição anterior do meu chefe e, em vez de contratarem um substituto para o período integral, decidiram criar duas posições de tempo integral. Tal decisão dobrou minhas chances e parecia garantir que eu iria em breve ser um técnico em tempo integral. Minhas suposições eram quase uma certeza, pois eu já havia trabalhado para a maioria, os quais me garantiram que eu teria um dos cargos, que era apenas uma questão de formalidade.

Para o meu espanto e horror, quando as posições reais foram postadas, e o processo formal de preenchê-las começou, eu nem mesmo participei da entrevista. Confuso, perguntei aos mesmos técnicos que me levaram a acreditar que eu receberia uma das posições que havia aparecido. Eles simpaticamente me disseram que eu não tinha a certificação que o departamento atlético havia requisitado para o trabalho.

Eu não podia acreditar. Sim, eu não tinha a certificação, mas se eles realmente quisessem me contratar, eles poderiam ter me pedido para tirar a certificação dentro de um certo limite de tempo, e se eu não conseguisse, terminassem comigo e encontrassem uma alternativa.

Independentemente do que pensei, meu tempo no Estado do Texas havia acabado. O trabalho que havia revigorado minha vida e me dado tanta satisfação e realização estava acabado. Durante os primeiros dias após a decisão da escola, eu estava entorpecido. Sabia que eles mudariam de ideia. Eles tinham que mudar. Até pensei que Deus de alguma forma interviria, pois ele sabia o quanto esse trabalho era importante para o meu bem-estar emocional. Ele nunca deixaria isso acontecer, pois ele sabia melhor do que ninguém como eu lidava com perdas e como lidaria com essa, talvez a maior e mais dolorosa da minha vida.

Mas a intervenção de Deus, a qual eu sabia que viria, nunca aconteceu. Em 5 de agosto, quase quatro anos após o dia em que havia iniciado como voluntário, devolvi minhas chaves e saí da sala de musculação pela última vez. Estava totalmente devastado.

Não tinha trabalho ou perspectivas de emprego. Meus objetivos de me tornar um técnico e preparador físico e trabalhar com atletas de elite pareciam ter acabado. Pior ainda, sabia que toda a minha autoestima, confiança e identidade derivavam daquele trabalho. Tudo de que conseguia me lembrar da minha vida antes de trabalhar no Estado de Texas era uma vida cheia de ataques de pânico, depressão e sentimentos de inferioridade. Agora, sem emprego, essa seria a minha sorte na vida novamente?

Quanto mais triunfos procurar, mais perdas deverá estar disponto a suportar

Nos dias seguintes a 5 de agosto, eu era como um homem em estado catatônico. Eu mal conseguia comer. Mal conseguia dormir, mas minha mente estava em pleno funcionamento, torturando-me com sentimentos de depressão, desesperança e inutilidade. O trabalho que eu queria, o trabalho que eu merecia, o objetivo para o qual eu estava trabalhando, a estabilidade financeira que havia procurado, tudo havia ido embora. Foi um verdadeiro inferno ter de dizer às pessoas que eu havia perdido o meu trabalho. Eu poderia explicar-lhes o que aconteceu, mas sabia que em algum lugar em suas mentes estariam pensando que a verdadeira razão deve ter sido que eu não era um técnico muito bom.

Afinal de contas, se eu era tão bom, por que não me contrataram? Eu não sabia o que era pior: saber que os outros estavam pensando dessa forma, ou saber que eu estava pensando dessa forma.

À medida que os dias se passaram, o meu humor e atitude foram se afundando nas profundezas do desespero. Em um diário, escrevi: "Esta é uma sensação terrível e um dia terrível. Neste ponto, não quero continuar. A vida simplesmente não parece ter nenhuma felicidade reservada para mim. Sou um perdedor. Se eu fosse melhor, nunca estaria nesta situação. Isso só acontece com os maus".

Repeti essa mensagem a mim mesmo por muitas e muitas vezes. Ela vinha naturalmente. De certa forma, me sentia bem. Mesmo quando tentava pôr um fim nesses sentimentos e dizia a mim mesmo para pensar positivamente, ligava a TV e havia alguém rotulando ou insinuando que, se uma pessoa ou equipe houvesse ficado a um passo de alcançar o seu objetivo, eles são considerados perdedores. Eu acreditava, a sociedade acreditava; portanto, deixe que a autoflagelação continue.

No entanto, a minha definição do que constitui um perdedor estava errada. O técnico três vezes campeão da Série Mundial Sparky Anderson disse o seguinte:

> Há uma diferença entre perder e ser um perdedor. Perder é algo que acontece a todos. É a vida. Mesmo os vencedores devem assumir a sua quota de perda. Ser um perdedor é completamente diferente. Um perdedor se permite ser espancado e, em seguida, sente pena de si mesmo, sem tentar fazer nada para reverter a situação. Ele chafurda na sua tristeza. Ele é cego ao fato de que as pessoas que realmente sofrem não têm tempo para sentirem pena de si mesmas.[1]

Descobrir esta citação foi instigante, mas não redefiniu a minha perspectiva de perda, até que encontrei exemplos que apoiaram essa citação. Por meio da leitura das autobiografias dos técnicos de esportes mais realizados, estava tão inundado com exemplos de suas experiências de perdas, que a minha perspectiva sobre perdas mudou, não por falta de escolha, mas sim por provas irrefutáveis.

Por toda a minha vida, as pessoas que eu admirava e as que eu queria ser como elas eram vencedoras, o que em minha mente significava que elas raramente perderam. Esse ideal foi consistente com a minha crença de que a chave para a excelência era evitar perdas. Sempre acreditei que você não poderia se sobressair se você perdesse: quanto mais perdas uma pessoa experimentasse, menos triunfos ela teria. Portanto, não era possível um vencedor ou alguém extremamente realizado perder muitas vezes.

A vida dos técnicos mais condecorados da história, no entanto, provou-me o contrário. Ninguém, não importa quão grande, nunca foi imune a perdas. Não apenas a algumas perdas, mas inúmeras perdas. Não apenas perdas insignificantes que você supera ao longo de um dia, mas perdas frustrantes, decepcionantes, embaraçosas, e devastadoras que você nunca esquecerá.

Como as histórias a seguir mostram, as pessoas que atingiram o topo de montanhas também passaram pela maioria dos vales. Os que ceifaram as maiores recompensas, também sofreram os reveses mais severos.

DURANTE os primeiros cinco anos como técnico do Dallas Cowboys, Tom Landry nunca teve uma temporada vitoriosa. Seu recorde combinado foi um horrível 18-46-4. No meio de sua sexta temporada com um embaraçoso recorde de 2-5, Landry, notoriamente estóico e impassível, teve um colapso emocional após uma derrota para os Pittsburgh Steelers. Landry escreveu mais tarde sobre seu discurso emocional para a equipe após a perda: "A minha voz quebrou, e eu tossia enquanto as lágrimas escorriam pelo meu rosto. Não sei quem estava mais constrangido, eu ou os jogadores". Após seu discurso choroso para a equipe, Landry continuou: "Entrei no vestiário dos técnicos, fechei a porta, e chorei. Tudo parecia tão bom para este ano. Como tudo poderia ter ido tão mal?".[2]

Cinco anos e meio em seu mandato com os Cowboys, Landry havia perdido muito mais jogos do que havia ganho. Tal abundância de perdas parecia indicar que Landry nunca iria se sobressair como técnico. Mas sua carreira posterior provou que inúmeras perdas eram apenas parte da jornada para o sucesso.

Após a derrota para os Steelers, nas vinte temporadas seguintes os Cowboys do Landry tiveram uma pontuação fenomenal de 213-84-2, fizeram cinco aparições no Super Bowl, venceram dois e desfrutaram de vinte temporadas de vitórias consecutivas.

DURANTE AS TREZE TEMPORADAS em que Casey Stengel foi técnico dos Brooklyn Dodgers, Boston Braves e New York Mets, ele postou apenas uma temporada com um histórico de vitórias. Durante aqueles anos, ele teve uma terrível pontuação geral de 756-1.146, o que o classificaria como um dos piores gestores na história do beisebol. A pontuação de Stengel como técnico dos Brooklyn Dodgers (três temporadas) e Boston Braves (seis temporadas) era tão ruim que ele mesmo mais tarde reconheceu seu horrível desempenho: "Eu podia ser técnico em qualquer clube de esportes de três a seis anos; porém, se achassem que a falha era do técnico, podiam me demitir em um ano".

Com Stengel como técnico dos Dodgers, Braves e Mets, eles tiveram muito mais perdas do que vitórias. Essa epidemia de perdas apareceu para provar que Stengel nunca poderia fazer nada digno como técnico. Mas seu período com os New York Yankees é uma evidência de que numerosas perdas acontecem até mesmo para os maiores realizadores.

Ao longo de uma temporada de doze anos como técnico dos Yankees, Stengel ganhou dez galhardetes (segunda maior de todos os tempos), sete Campeonatos da Série Mundial (empatando na maioria das vezes) e terminou com um recorde de 1.149-696.

TALVEZ AINDA MAIS surpreendente do que todas as perdas sofridas por esses grandes técnicos em campo, para a maioria deles, essas perdas foram os menores dos seus problemas. Das oitenta e sete autobiografias que li, quase a metade dos técnicos que chegaram ao ápice de suas profissões, ganhando pelo menos um campeonato no nível universitário ou profissional, foram demitidos ou se demitiram sob pressão em algum momento durante suas carreiras. Umas das mais pungentes dessas demissões ocorreu com Red Holzman em 1957.

Após servir como técnico dos St. Louis Hawks por três temporadas sem postar um recorde de vitórias, Holzman foi demitido no meio do caminho da sua quarta temporada. Refletindo sobre sua demissão mais tarde, Holzman escreveu: "Perder o emprego como técnico dos Hawks havia abalado minha confiança e me fez pensar em outras carreiras, outras coisas além do basquete".[4]

Como se ser despedido não fosse doloroso o suficiente, Holzman teve de assistir com humilhação como os Hawks dispararam sem ele. Depois que Holzman foi demitido, os Hawks deram a volta por cima e chegaram às finais da NBA. No ano seguinte, os Hawks construíram sua notável reviravolta sem Holzman, vencendo o campeonato da NBA.

Em três anos e meio *com o* Holzman, os Hawks haviam sido medíocres, na melhor das hipóteses. Em uma temporada sem ele, eles haviam ganho um campeonato da NBA e jogaram para o outro. Essa série de eventos parecia indicar que Holzman não servia para ser um técnico.

A carreira de Holzman com os New York Knicks, no entanto, mostrou-me que eu ainda poderia alcançar meus objetivos profissionais, mesmo que eu fosse demitido. Em catorze temporadas como técnico dos New York Knicks, Holzman se estabeleceu como um dos maiores técnicos da NBA de todos os tempos, conquistando dois campeonatos da NBA e se aposentando como o segundo técnico com mais vitórias na história da NBA.

APRENDI COM Landry, Stengel, e Holzman que perder não era razão para desistir dos meus sonhos e de mim mesmo. Ao contrário, perder é uma parte, um passo ao longo do caminho para meus objetivos. Quanto mais queria me destacar, mais perdas tinha de estar disposto a suportar.

Nossa resposta à perda é muito mais importante do que a perda em si

Fortalecido por essas biografias, tinha razões para combater as tendências autodestrutivas que me atormentaram seguindo as perdas ao longo da minha vida. Tinha provas de que não deveria acreditar que perder o meu emprego no Estado de Texas era fatal. Tinha razões para não me deixar irritado, atormentado, com inclinações melancólicas a me oprimir. Tinha motivação para lutar contra todos os impulsos que eram prejudiciais para as minhas ações e bem-estar. Sabia que havia mais do que apenas esperança para o futuro, mas uma certeza de que grandes coisas que estavam por vir, se eu conseguisse perseverar. Assim, uma batalha diária entrou em erupção, lutei a cada momento para responder bem contra os meus demônios que só me queriam para a minha autodestruição.

Cravar esta batalha interna não era algo que queria fazer nem algo que veio facilmente. Ao contrário do que esperava, só porque havia encontrado conforto nos exemplos dos técnicos, os demônios que ansiavam minha destruição não desapareceram milagrosamente. Eles permaneceram, implacavelmente enchendo minha mente com pensamentos destrutivos e negativos. Só lutando meticulosamente, recusando-se a aderir às suas demandas e envergonhando-os com pensamentos positivos, minha resposta a pensamentos negativos começou a mudar.

Envolvido na batalha, de repente, uma pergunta apareceu: como eu, como os grandes técnicos que eu admirava viajavam das profundezas da perda às alturas do triunfo?

"Na vida de todos", respondeu o técnico campeão duas vezes da Série Mundial Tommy Lasorda, "chega um momento em que uma porta se fecha, e se você ficar muito preocupado com a porta que se fechou, talvez você nunca encontre o caminho da que se abriu".[5]

Nenhuma afirmação antes feita foi mais significativa para mim, em meu esforço para responder bem ao que aconteceu no Estado do Texas. Minha tendência natural após a perda era de me debruçar sobre o passado, rebobinando várias vezes o que havia acontecido. A perda do meu trabalho não foi uma exceção. A todo momento, tudo que conseguia pensar era o quanto havia perdido treinando no Estado do Texas. Mal estava vivendo no presente, porque todos os meus pensamentos estavam presos no passado. Como poderia mudar esse padrão de pensamento?

Uma das melhores soluções veio do técnico quatro vezes campeão da Série Mundial Joe Torre, que escreveu:

> A melhor maneira de superar um padrão de falha ou perda é focar no hoje. Como posso alcançar meus objetivos nesta reunião, com este cliente, neste momento? Como posso me preparar mentalmente e emocionalmente para o desafio que encontrarei hoje? Como posso mudar a minha abordagem para alcançar a maioria dos meus talentos agora?[6]

O técnico duas vezes campeão da NBA Bill Russell concorda com essa filosofia, escrevendo o seguinte:

> Dê o primeiro passo para a vitória hoje. Certifique-se de começar a partir de onde você se encontra. Não espere por aquele trabalho melhor, por aquela oportunidade maravilhosa, pelo aumento ou promoção que está vindo, ou pelo sonho

que você ainda tem na sua mente. Agora é a hora. Nunca haverá momento melhor, só existe este momento, neste exato momento, onde quer que você esteja, onde a oportunidade de ver a si mesmo poderoso e realizado está com você, sempre esteve e sempre estará. Use-a. Comece a ganhar agora.[7]

Estimulado por essas instruções, comecei a pensar em como poderia maximizar o presente. Finalizando o meu último semestre de graduação, não podia fazer nenhuma movimentação drástica, mas sabia que ainda queria ser um técnico e preparador físico, um dia. O que poderia fazer naquele exato momento para me ajudar a alcançar esse objetivo? Após uma breve deliberação, decidi que seria melhor promover minha educação e construir uma rede de comunicação maior na profissão de preparador físico.

Menos de uma semana após o meu último dia no Estado do Texas, comecei a fazer telefonemas e enviar e-mails para todas as universidades da área para obter informações sobre visitas e entrevistas com o pessoal de força e condicionamento. Das inúmeras tentativas, só a Universidade A & M do Texas me respondeu.

Aproveitando essa oportunidade, na quinta-feira, 19 de agosto, deixei minha casa, em Kyle, Texas, para fazer a viagem de duas horas para o College Station. Lá passei a tarde observando diferentes treinos das equipes e decifrando os cérebros de todos os técnicos e preparadores físicos. Naquela noite aluguei um quarto no Motel 6 local, acordei às cinco horas da manhã seguinte, observei mais treinos e voltei para casa no final daquela tarde. Essa primeira viagem tornou-se um processo semanal que fiz várias vezes.

Eu sabia que estava fazendo um esforço sincero para melhorar a mim mesmo, estava enfrentando batalhas internas em duas frentes: primeira, com a perda de meu emprego no Estado de Texas ainda fresca em minha mente, tive de lutar contra as minhas tendências naturais à autodestruição. Em segundo lugar, tive de batalhar contra as dúvidas severas e as reservas que eu tinha para fazer essas viagens para a College Station.

Na quinta-feira, 4 de setembro, escrevi no meu diário sobre o ceticismo que eu tinha ao fazer essas viagens:

> Fui a A & M na quinta-feira, minha terceira visita no mês passado. Cheguei lá um pouco depois das doze horas, assisti a tudo que se passou naquela tarde e depois me hospedei no Motel 6 naquela noite. Com o recente desastre nacional, o furacão Katrina, juntamente com os preços já elevados da gasolina, custava 50 dólares para ir e voltar da A & M. Mais $38,00 para um quarto de motel, temos um total de quase US $ 100 para uma viagem. Assim a pergunta que eu continuo me fazendo, assim como algumas pessoas mais próximas fazem: "Será que tudo isso vale realmente a pena?". Bem, não há uma maneira de responder essa pergunta agora. O mais assustador é que eu não sei. A viagem para A & M uma vez por semana me ajudará no futuro? Espero que sim, mas eu realmente não sei. É chato dizer isso, mas quem sabe?

Apesar deste turbilhão de emoções na minha cabeça, continuei indo à A & M. Semanas depois, valeu a pena.

Durante as poucas semanas que visitei Texas A & M, construí uma relação profissional com a comissão técnica. Um técnico em particular, Vernon Banks, saiu do seu caminho para me ajudar, sua bondade e generosidade na época do meu desemprego e de transição foram inacreditáveis. Naquele mês de outubro, ele fez o que eu sempre esperava que alguém fizesse por mim: ele ligou à universidade em meu nome para obter informações sobre a possibilidade de me darem uma oportunidade. Ele não precisava fazer isso, nós mal nos conhecíamos, mas, por alguma razão, ele me recomendou. Alguns dias após sua ligação, o Texas me ligou oferecendo-me a chance para me voluntariar.

Em uma inacreditável guinada de eventos, fui de não ter perspectivas de emprego a ter o pé na porta, sem dúvida, da universidade atlética de maior prestígio no país. Fazendo a oportunidade ainda mais doce foi o fato de que, mesmo antes de começar a minha carreira de técnico no Estado do Texas, em 2001, eu já havia sido técnico e preparador físico no Texas por dois anos como voluntário. Estava disposto a fazer qualquer coisa, esfregar o chão, pegar o lixo, segurar a água para um jogador enquanto ele/ela se exercita, tudo e qualquer coisa para ter o meu pé na porta. Sonhei em trabalhar no Texas diariamente e persegui esse sonho diferentemente de qualquer ambição que já havia tido.

Depois da minha primeira tentativa de ser voluntário no Texas, em 1999, ter sido negada, continuava voltando a cada dois meses para ver se havia alguma oportunidade disponível. Todas as vezes me diziam educadamente que não havia nada para mim, mas era para eu voltar em alguns meses. Cada tentativa subsequente me colocava em uma montanha-russa de emoções. Cada vez que falava com o técnico, minhas esperanças aumentavam. Hoje, finalmente, será o dia. Sei que conseguirei uma oportunidade. Minha persistência finalmente será paga. Negada a cada tentativa, saía cada vez mais decepcionado, desanimado e me perguntando se um dia teria a chance de trabalhar em um lugar tão prestigiado como a Universidade do Texas.

Embora o meu desejo de trabalhar para os Longhorns tivesse sido colocado um pouco em segundo plano, quando comecei a treinar no Estado do Texas, visitei periodicamente o Texas durante os quatro anos seguintes à procura de qualquer oportunidade para me voluntariar. Por ter começado a trabalhar como técnico universitário, pensei que ganhando experiência minhas chances aumentariam. Certamente com minhas credenciais melhoradas e persistência ao longo de vários anos iriam pelo menos me dar uma chance para ser voluntário, mas todas as tentativas foram negadas.

Após seis anos, a minha chance havia chegado. Radiante sobre a oportunidade profissional, nada comparado com a emoção que senti quando fui capaz de dizer a minha família e amigos, os quais eram fãs dos Longhorn ao longo de suas vidas. Meu futuro repentinamente parecia brilhante. Estava certo de que esse currículo-construtor me arranjaria um trabalho maior em outra escola ou, melhor ainda, me daria um emprego de tempo integral no Texas.

Do poço do desespero, eu agora estava transbordando de esperança. Perder meu trabalho no Estado do Texas transformou-se em uma bênção disfarçada. Recebi essa perda como uma graça vinda do alto.

Em 31 de outubro, entrei na sala de musculação do Texas sentindo que eu pertencia àquele lugar. Minhas atribuições eram assistir os técnicos e ajudá-los a orientar e supervisionar as suas equipes. A experiência que havia ganho no Estado do Texas se prestava favoravelmente às minhas responsabilidades, e eu me aproximei do meu papel com confiança suprema. As próximas semanas foram tão boas, que me convenci que eu tinha futuro como técnico no Texas.

Eu tinha tanta certeza disso que, quando a Universidade de Stanford me ofereceu um estágio formal em seu departamento de condicionamento, eu recusei, acreditando que coisas maiores no Texas me aguardavam logo além do horizonte.

Meses depois, sexta-feira, dia 6 de março, o técnico de condicionamento em tempo integral, o qual eu ajudava, teve de sair da cidade, e me foi dada a responsabilidade de cuidar de suas equipes neste dia. Essa oportunidade era importante para mim. Era uma chance de mostrar ao Texas que eu era mais do que capaz de lidar com equipes sozinho. Eu estava pronto.

Desde o primeiro treino da equipe pela manhã até o último jogador a sair à tarde, o dia não poderia ter sido melhor. Fiz um bom trabalho com as minhas responsabilidades adicionais e recebi um *feedback* positivo dos técnicos e dos jogadores. No final do dia, quando deixei a sala de musculação no Estádio Royal-Memorial, senti como se estivesse ainda mais perto de ganhar mais responsabilidades e, possivelmente, receber algum tipo de menor posição remunerada.

No início da segunda-feira seguinte, atendi ao telefone com entusiasmo quando o identificador de chamadas exibiu o número da sala de musculação do Texas. Esperando elogios por quão perfeita a sexta-feira havia sido, fiquei chocado quando o técnico e preparador físico das equipes com que eu havia trabalhado falou comigo com raiva. A ira do técnico resultou de um comentário sobre a "folha de assinatura dos atletas" (usada para o controle de assiduidade). Um atleta havia escrito: "Baby Ruth nunca levantou pesos", insinuando que o treinamento físico não era importante para o desempenho atlético. Isso teria sido apenas um problema do jogador se eu não tivesse sido o único a dizê-lo e, em seguida, incentivado o atleta a escrevê-la na folha de assinatura. Era puramente um comentário sarcástico, humorístico que eu assumi que o técnico acharia engraçado, porém o técnico não achou o comentário nem um pouco divertido. O técnico estava tão furioso com a minha falta de percepção de profissionalismo, que relatou o fato ao técnico e preparador físico, o qual me disse para ir imediatamente.

Fiz o caminho na rodovia Interstate 35 em 20 minutos, estava entorpecido. *O que vai acontecer? Certamente isso não é uma grande coisa. Posso perder meu emprego por causa disso?* Quando cheguei ao escritório dos técnicos, havia nó no meu estômago, sentei-me e esperei o técnico entrar na sala. Quando o técnico chegou, ele imediatamente me disse o quão inaceitável meu comentário havia sido e que eu não trabalharia mais no Texas. Fiquei atordoado. Senti mais do que um chute no meu estômago, senti um porrete batendo por todo o meu corpo.

Quando saí da sala de musculação, pela última vez, estava me contorcendo por dentro e me senti mal do estômago. Não parecia possível que isso pudesse acontecer. Havia tido pesadelos como este antes, talvez eu estivesse apenas dormindo. Mas quanto mais passos eu dava, mais eu percebia que não era um pesadelo. Eu estava plenamente consciente, e estava realmente acontecendo.

A minha carreira havia acabado.

Não só a minha demissão terminaria com as minhas chances de conseguir uma posição no Texas, mas o pior era o possível efeito que poderia ter sobre toda a minha carreira de técnico. Imaginei a cena de terror de ir a uma conferência de condicionamento físico e todos olharem para mim e sussurrarem uns para os outros "aquele é o cara que foi expulso do Texas".

Saí do complexo atlético, passei pelo Estádio Royal-Memorial e, quando cheguei à garagem, minha mente ficou fora de controle. *Será que terei outra chance na profissão? Já me mostraram a porta do Estado do Texas, agora isso. Essencialmente fui despedido de dois empregos nos últimos sete meses, nenhum dos quais eram posições de tempo integral. Pode haver um indicador pior de quem você é do que quando você está trabalhando de graça ou ganhando $50 dólares por semana e as pessoas para quem você está trabalhando não quererem mais você por perto?*

O privilégio do sofrimento

Mais uma vez estava de volta à estaca zero, desempregado e lutando contra todos os terríveis impulsos e pensamentos na minha mente. Daquela vez, no entanto, a minha raiva queimava ainda mais. Depois de me levantar do chão e conscientemente fazer um esforço sincero para responder bem pela perda do meu emprego no Estado do Texas, achava que a vida me recompensaria pelo meu esforço. Tendo em vista que foi a primeira vez que havia trabalhado para responder bem a uma perda, pensei que minha carreira seria imediatamente beneficiada pela minha melhora nas respostas, eu me senti injustiçado e isso me levou por um caminho fatal. Mas, ao contrário, responder bem à perda revelou-se ser irrelevante. Perder seria sempre o inimigo de tudo o que é bom.

Mas, mesmo com esses pensamentos dando voltas e voltas em minha mente, uma semente que havia sido plantada vários meses antes brotou. Apesar de uma parte da minha mente estar convencida de que a minha carreira havia acabado, de que eu não valia nada, de que a perda era terrível, outra parte revisou todos os exemplos dos técnicos de elite que perderam durante suas carreiras.

Apesar de minhas perdas parecerem catastróficas naquele momento, quando voltei e reli as histórias dos técnicos, vi que minhas perdas eram menores e poucas em comparação com as deles. Enquanto a série de eventos no Estado de Texas e Texas não era como eu realmente queria que a minha carreira começasse, eu ainda tinha esperança. As perdas dos técnicos de elite haviam moldado suas viagens para a grandeza.

Tais sentimentos tornaram-se ainda mais vibrantes quando descobri que inúmeros prejuízos não são apenas um mal necessário no caminho para a grandeza, mas um evento benéfico necessário para preencher o que está em nossos corações. Técnico do basquete feminino, Pat Summit, oito vezes campeão nacional, disse: "Tenho uma relação de amor e ódio com a perda. Odeio como ela me faz sentir, o que é basicamente doente. Mas amo o que ela traz".[8] Técnicos de tênis lendários como Andre Agassi e Brad Gilbert concordaram, escrevendo: "É um clichê, mas também é bem verdade que aprendemos muito mais com a perda do que com o ganho".[9]

Para provar que o paradoxo de perder é benéfico, encontrei vários exemplos nas carreiras desses técnicos. Embora os benefícios não puderam ser vistos no momento da perda, com o tempo, seja para ganhos pessoais, seja para ganhos profissionais, esses técnicos viram a perda como uma das partes mais essenciais de suas realizações e felicidade.

Em 1963, Frank Broyles Arkansas Budweiser foi para a sub de 5-5. No entanto, de 1964 a 1965, Arkansas foi em uma série de vitórias de vinte e dois jogos, o que incluiu um campeonato nacional. Embora a temporada de 1963 tivesse sido frustrante e desanimadora, no momento, em reflexão, Broyles a viu de maneira diferente. Ele escreveu: "Quando penso o quão significativa aquela temporada decepcionante foi na definição das bases para '64 e '65, acho que não há razão para discutir sobre qualquer coisa. Às vezes você tem que piorar antes de melhorar".[10]

QUANDO GENE STALLINGS foi demitido dos Phoenix Cardinals em 1989, ele sofreu uma das piores rejeições que um técnico pode receber: ele foi demitido faltando cinco jogos para o final da temporada. No entanto, se essa grave renúncia não tivesse acontecido quando aconteceu, Stallings teria sido incapaz de preencher a vaga de técnico na Universidade do Alabama, onde, três anos depois, ganhou o campeonato nacional.

Stallings contou como perder o beneficiou:

> Acabou sendo uma bênção ter sido demitido dos Cardinals no período de Ação de Graças, porque se eu tivesse terminado o ano dos NFL, o trabalho em Alabama teria sido preenchido. Aceitei a oferta deles na hora, entusiasmado em ter um dos postos de trabalho de primeira, no futebol americano universitário. Eu estava indo para o lugar onde havia começado a minha carreira e agora provavelmente onde a terminaria. Foi um sonho realizado, e me havia sido oferecido em um momento perfeito da minha vida.[11]

APÓS O LENDÁRIO TÉCNICO Paul Brown ter sido demitido pelos Cleveland Browns em 1963, nada, além da miséria, parecia vir de sua perda. Brown estava desempregado há cinco dolorosos anos. No entanto, em reflexão, perder o emprego e ficar desempregado por tanto tempo foi uma das melhores coisas que já aconteceu com ele particularmente. Brown reflete sobre aquela época após sua demissão, dizendo o seguinte:

Comecei um período que costumava chamar dos meus "anos negros", embora, em retrospecto, me ofereceram uma oportunidade maravilhosa para colocar as coisas em perspectiva e para passar alguns momentos agradáveis com Katy [sua esposa]. Sempe pensei que Deus tinha um plano para nós, pois eu não sabia, quando esse período da minha vida começou, que ela teria apenas alguns anos de vida. Durante os cinco anos seguintes, tivemos a chance de fazer as coisas juntos, viajar pelo mundo e desfrutar de tardes de natação e noites de caminhada pela praia; caso contrário, nunca teríamos tido essa oportunidade. Apesar de ter sido difícil para mim naquela época ver qualquer propósito real naquela existência quase lânguida, sinto-me diferente agora.[12]

AS HISTÓRIAS DE Broyles, Stallings e Brown invocaram dentro de mim o espírito de reagir positivamente, apesar das horas e dos dias inquietos seguintes à minha demissão do Texas. A partir de suas experiências, aprendi a contrariar meu cinismo irritante com a promessa de que algo bom viria daquela perda. Perdas horríveis forçaram esses técnicos a procurarem outro caminho para o sucesso e felicidade. E se as pessoas pudessem experimentar realização e alegria seguindo suas perdas, eu também poderia.

Responder bem às perdas não é fácil, mas o esforço valerá a pena

Saber que perder também é benéfico não apagou o meu desgosto e frustração, mas isso me ajudou a combater os demônios que incentivam a minha autodestruição, me ajudou a lutar contra o impulso de responder mal. Semelhante à situação da minha perda de emprego no Estado do Texas, os dias após a minha demissão no Texas foram difíceis, eu lutava diariamente com a minha tendência de me punir. Como havia feito vários meses antes, lutei contra essas tendências com a inspiração das histórias dos técnicos de elite. Embora parecesse, e às vezes eu sentia que a minha carreira havia sido arruinada, que a maneira como eu responderia à minha perda não importava, eu tinha muitas provas para me sentir de forma diferente. Os técnicos afirmavam que, se eu respondesse bem à minha perda, de alguma forma minha vida e carreira se beneficiariam no futuro.

Acreditei que a verdade me permitiria fazer uma das ligações mais difíceis da minha vida. Após a minha demissão no Texas, tinha que ligar para o técnico Banks no A & M do Texas e dizer-lhe o que havia acontecido. Discar o seu número foi uma das coisas mais difíceis que já tive que fazer, sabendo que eu estava prestes a dizer-lhe, o homem que havia me apoiado, que sacrificou sua reputação para me recomendar, que eu havia acabado de desapontá-lo. Mas, sabendo dentro de mim que ligar para ele fazia parte de responder bem, eu liguei.

Reunindo toda a coragem que eu poderia reunir, disse ao técnico Banks o que havia acontecido e admiti que, embora meu comentário não tivesse nenhuma intenção maliciosa, eu havia claramente ultrapassado os meus limites e simplesmente fui visto como não confiável pela equipe. Havia tentado ser engraçado, mas cometi um erro na hora e no lugar. Embora o técnico Banks tivesse me apoiado pelo telefone, quando desliguei, não tinha ideia de como ele realmente estava se sentindo. O nosso relacionamento teria sido danificado? Havia perdido sua confiança? Será que ele nunca mais me recomendaria para um trabalho novo?

Nos dias seguintes, continuei lidando bem com a perda, recusando-me a permitir que os demônios tomassem conta de mim. Mas eu ainda estava com o coração partido, e a dor era grande.

No entanto, nas semanas e meses seguintes, pensava nessas duas derrotas, no Estado do Texas e no Texas, como os aspectos mais significativos e mais benéficos da minha carreira de técnico. Lutando todos os dias para responder bem e não ser autodestrutivo, grandes coisas resultaram das perdas, nas mais imprevisíveis formas.

Apenas duas semanas após ter sido demitido do Texas, o técnico Banks me ligou. Fiquei aliviado ao ouvir sua voz, pois não sabia se ele falaria comigo novamente. Felizmente, esta era mais do que apenas uma ligação de cortesia. Ele queria me dizer que os Houston Astros precisavam de um técnico para a sua equipe filial triplo-A, os Round Rock Express. Ele me deu os detalhes, números para eu ligar e se ofereceu para me ajudar no que eu precisasse. Fiquei chocado tanto com a oportunidade de trabalho, quanto com o apoio contínuo do técnico Banks. Imediatamente, liguei para os Houston Astros. Após várias discussões, me ofereceram o cargo. Em questão de dias, fui de desempregado a um técnico de beisebol profissional.

Cinco meses mais tarde, durante a temporada com os Express, estava sentado em um quarto de hotel em Omaha,

Nebraska, quando o técnico Banks me ligou novamente. Ele me informou que a Universidade de Nova Orleans tinha uma vaga de técnico e que, se eu estivesse interessado, ele me recomendaria para o trabalho. Sem hesitar eu disse sim. Apesar de Nova Orleans não ser uma universidade de potência ou uma equipe profissional, era uma posição de tempo integral, técnico de condicionamento em uma escola de Primeira Divisão, um dos meus sonhos.

Em 11 de agosto de 2006, quase um ano da data do meu último dia no Estado do Texas, voei para Nova Orleans, Louisiana, para uma entrevista. Poucos dias depois, o diretor de esportes me ligou para me oferecer o trabalho, e eu aceitei. Surpreendentemente, apenas um ano antes, haviam me negado o meu objetivo de conseguir uma posição de assistente de treinamento por tempo integral. Nunca teria imaginado, na dor de não ser contratado pelo Estado do Texas e, em seguida, ser demitido pelo Texas, que essas perdas seriam o catalisador para realizar o meu sonho de me tornar um técnico e preparador físico; mas aconteceu.

Os desafios que a perda traz são alguns dos melhores de nossas vidas. Embora não possam apagar a dor e o sofrimento causado por suas perdas pessoais, posso dizer com certeza, você não está sozinho. Há esperança.

Sei que quando as perdas ocorrem, você se esforça para entender o porquê. Mas você tem provas com os exemplos dados neste capítulo de que, se você lutar contra os seus demônios internos e responder bem às suas perdas, coisas maravilhosas poderão surgir. Se alguma vez existiu uma pessoa que era incapaz de acreditar nisso, essa pessoa sou eu. A mudança da minha crença não veio facilmente ou automaticamente, mas por meio da confiança no que li, e, experimentando as alegrias de minhas perdas, tornei-me um crente.

Embora não seja fácil sofrer perdas, você pode responder bem e prosperar por causa delas.

CAPÍTULO 6
SUCESSO VERDADEIRO

EM 20 DE MARÇO DE 2006, desempregado e desesperado por um emprego, como mencionei anteriormente, recebi o telefonema dos Houston Astros com a oferta para começar como técnico de condicionamento dos Round Rock Express. Depois de aceitar sua oferta, desliguei o telefone e suspirei profundamente. Minha respiração parecia levar com ela o meu sentimento de paz e serenidade. Embora devesse estar aliviado e animado por encontrar um emprego como profissional de beisebol, eu não estava. Meu novo chefe com os Astros me informou que, dentro de uma semana após a minha entrada no Express, viajaria com a equipe por via aérea. Estava apavorado com a ideia de entrar em um avião. Não gostava da sensação de estar preso dentro de qualquer coisa onde não houvesse saída. Assustava-me estar à mercê da decisão de outras pessoas e das funções tecnológicas e de dispositivos mecânicos.

O mais sinistro de tudo: pensei em como a minha apreensão em um avião poderia fazer com que perdesse o controle emocional no primeiro voo com a equipe. Conduzindo as minhas ansiedades mais elevadas foi o pensamento de que, se eu vivenciasse um colapso, seria diante de desconhecidos, pois o voo seria durante a minha primeira semana com os Express. Não só um colapso emocional deste tipo seria a experiência mais constrangedora e humilhante da minha vida, mas a minha carreira de técnico provavelmente terminaria ali. Como um atleta ouviria e confiaria em um técnico que foi objeto de colapsos emocionais?

Para melhor compreender a magnitude do problema, fui ao *site* dos Express e verifiquei sua programação. Seis de abril, em apenas dezessete dias, seria o primeiro jogo da temporada e, simultaneamente, o meu primeiro voo com a equipe para Nova Orleans. Examinei a programação ainda mais profundamente.

"O segundo voo é para a Cidade de Oklahoma. Cerca de um mês depois voamos para Tacoma. Mais tarde vamos para Colorado Springs; em seguida, Salt Lake City. Deve haver duas dúzias ou mais de viagens nesta agenda. Voaremos para todos os lugares."

Após dissecar o cronograma, fui ao *site* da Southwest Airlines, olhei para os horários de viagem de cada um desses voos. Trinta minutos de Austin para Houston. Uma hora de Houston para Nova Orleans. Duas horas e trinta minutos de Austin para Phoenix. Três horas e dez minutos de Phoenix para Tacoma. Vendo-me nesse primeiro voo, imagem após imagem correu pela minha mente do que cada momento no avião traria. Minutos que pareceriam horas, horas que pareceriam dias, e cada momento no avião seria com estar no inferno. Deitado na cama, naquela noite, tentei colocar as ansiedades do dia para descansar. Mas quanto mais eu tentava, mais intensamente os pensamentos do que poderia acontecer no avião me agrediam. *Ficarei louco diante de todos estes jogadores. Começarei a chorar e ficarei perturbado. Provavelmente ficarei tão ruim que o piloto terá de fazer um pouso de emergência. Eu vou morrer!*

Enquanto me remexia e me virava na cama, comecei a chorar sobre o destino terrível que eu imaginava. Sem compaixão, os pensamentos continuaram me aterrorizando, um após o outro. Olhava cuidadosamente para o relógio enquanto os minutos se passavam: 1:00, 1:30... 2:00... Meu estômago se retorcia, estava sentindo náuseas. Meu batimento cardíaco começou a acelerar, o que dificultava a respiração.

O que perpetuou a angústia foi a constatação de que o meu inimigo dos anos passados, de repente, havia sido despertado. Meu pesadelo mais assustador havia se tornado realidade: mais uma vez estava experimentando um ataque de pânico. O ressurgimento validou a premonição de que eu iria sofrer um colapso emocional no avião. O voo seria em duas semanas, mas eu já estava tendo um ataque de pânico enquanto ainda me encontrava firmemente no chão e seguro na minha cama.

De repente, não queria mais trabalhar com atletas de elite. Não queria mais ser técnico. Eu só queria que as horríveis emoções e angústias físicas desaparecessem. O episódio veio à tona somente depois que tomei a decisão de ligar para os Houston Astros, primeira coisa na manhã seguinte, e recusar sua oferta de emprego.

Quando amanheceu, sentei-me no sofá e coloquei o telefone do meu lado. Enquanto olhava fixamente para a folha de papel com o número dos Astros, contemplei a minha decisão pela última vez. Se eu desistisse deste trabalho, o meu sonho de trabalhar com atletas de elite provavelmente acabaria. Não queria abandonar o meu sonho, mas não imaginava de jeito nenhum que pudesse viajar com a equipe. Mesmo se houvesse uma pequena chance de eu ser capaz de viajar, não queria arriscar e voltar aos meus dezoito anos de idade, escravo do implacável controle de ataques de pânico.

Embora quisesse ligar para os Astros, naquele momento, uma voz interior me dizia que eu não havia feito tudo o que podia para lidar com esta dificuldade. Esta mesma voz sussurrava que eu experimentaria o "verdadeiro sucesso" se eu não ligasse para os Astros e, em vez de ligar, optasse por lutar.

Não sabia o que fazer. Estava dividido entre continuar sentindo o que eu sentia como se fossem dois demônios – desistir voluntariamente ou continuar infligindo dor sobre mim. Durante vários minutos, olhei para o meu telefone, congelado. Finalmente, decidi, pelo menos para o momento, não ligar para os Astros e me conscientizar de que aceitar essa situação representava sucesso, por menor que fosse.

Apesar da minha vontade de persistir, eu não tinha ideia de como lidaria com a minha ansiedade. Desesperado por ajuda, liguei para os meus pais para ver se eles tinham alguma sugestão. Eles recomendaram que eu ligasse para uma psiquiatra cujos pais eles conheciam. Talvez, se eu lhe dissesse a minha situação, ela poderia me ajudar de alguma forma. Embora eu particularmente não quisesse telefonar para ela, consenti, sabendo que buscar ajuda também representaria sucesso.

Naquela noite, na esperança de uma cura milagrosa, liguei para a psiquiatra. Em questão de minutos, no entanto, sabia que este não era o remédio de que precisava. Ela não poderia fazer nada nas próximas duas semanas para aliviar a minha ansiedade o suficiente para entrar naquele avião.

Quando liguei para os meus pais e relatei o que aconteceu, meu pai sugeriu que eu consultasse o meu médico. Esta sugestão parecia fútil, havia acabado de conversar com uma psiquiatra, uma pessoa treinada especificamente nesses assuntos, e ela não pôde me ajudar. Como um clínico geral me ajudaria? Embora pensasse que a consulta seria uma perda de tempo, eu concordei, sabendo que a persistência para encontrar uma solução também representava sucesso.

No dia seguinte, expliquei ao meu médico sobre a minha recente ansiedade esmagadora e as razões por trás dela. Sem hesitar, ele recomendou que eu começasse a tomar medicação antiansiedade para ajudar a subjugar minhas ansiedades e diminuir a probabilidade de um ataque de pânico. Eu não estava feliz com a sua ideia. Depois de quatro anos de vida livre de medicação, não queria voltar à dependência anterior; nada, nem mesmo um trabalho, fazia valer a pena a viagem de volta a essa época perigosa. Embora houvesse expressado minhas reservas ao meu médico, ele me tranquilizou dizendo que tal medicamento só seria usado temporariamente, até que eu me acostumasse a voar, e que eu deveria aceitar a oferta de emprego.

Enquanto me sentei no consultório do médico, deliberando o que fazer, muitas dúvidas me rodearam.

Será que realmente posso fazer isso? Este trabalho vale realmente a pena para que eu volte para a medicação? Não tenho nenhuma garantia de que posso viajar sem incidentes. E se a minha vida mais uma vez tornar-se controlada por ataques de pânico?

Queria uma garantia. Queria alguma certeza para o futuro, mas nada foi garantido, e nada era certo. Minha inclinação, portanto, era para não fazer isso. O desafio era muito assustador. Mas em meio ao caos de gritos negativos na minha cabeça, uma pequena voz sussurrou-me: *Pense no quão bem-sucedido você pode ser por ter a disposição de sacrificar o seu conforto. Pense em como você pode ser bem-sucedido por ter a coragem de se colocar na linha quando não há nenhuma garantia.*

Foi uma das decisões mais difíceis que já tive de tomar, mas com relutância concordei em começar a tomar a medicação. Apesar de concordar em tomar o remédio, não senti que a medicação antiansiedade resolveria completamente o meu problema. Não havia uma pílula forte o suficiente para suprimir o tipo de pânico que eu poderia encontrar. Precisava de algo para aliar à medicação. Precisava elaborar um plano para me acostumar a voar.

Ao longo dos dois dias seguintes, usando minha imaginação, criei passos que esperava subjugar um pouco da ansiedade. Mas o problema com a colocação dos meus pensamentos em ação foi a de que esses passos pareciam tão juvenis que eu me preocupava com o que as outras pessoas pensariam de mim se eu os fizesse.

Será que eles vão rir? Será que eles vão tirar sarro de mim? Será que eles pensarão que sou fraco?

Cada vez que minhas inseguranças ameaçavam me atrapalhar, continuava a dizer a mim mesmo o quão bem-sucedido eu era por atacar o problema e por aceitar os desafios e ser proativo em enfrentá-los.

O primeiro passo que dei foi dirigir para o aeroporto várias vezes, sair do carro e andar por lá. Queria me acostumar com o ambiente, o cheiro, o fluxo de pessoas, e me familiarizar com o *layout*.

Em seguida, dei um passo ainda maior: reservei um voo de ida e volta de Austin a Dallas com o meu pai para 1º de abril. Sabendo que entrar no avião pela primeira vez com a equipe seria muito, eu queria fazer um reconhecimento do voo. Meu pai me forneceria alguma sensação de conforto.

Apesar do conhecimento de que ele estaria lá comigo, na noite que antecedeu o nosso voo, nada foi suficiente para impedir um ataque de pânico. Tomado pela preocupação, temia que não seria capaz de me forçar a entrar no avião. E mesmo se eu conseguisse entrar no avião, estava convencido de que minhas ansiedades se tornariam tão severas que seria forçado a sair do avião, ou perderia todo o controle emocional. Na minha mente, mais uma vez, havia um *show* de horror contínuo, um cenário aterrorizante, um após o outro. Na noite antes do voo, algumas horas antes da decolagem, eu estava tendo um colapso emocional. Eu não iria conseguir.

Pela manhã, meu pai e eu fomos para o aeroporto. Enquanto dirigíamos, antecipava a minha ansiedade repentinamente, mas consegui mantê-la sob controle. Havia dirigido por aquele caminho várias vezes na última semana, conhecia a estrada, a paisagem, os sinais e as luzes.

Depois que chegamos ao aeroporto, concluímos o *check-in* e passamos pela segurança. Pensei que seria desconfortável, mas não tive nenhum problema. Havia estado lá várias vezes recentemente. Sabia onde era o balcão do *check-in*, a verificação de segurança, onde os restaurantes eram, conhecia o cheiro e como as pessoas se moviam.

Enquanto esperávamos para embarcar, a minha ansiedade aumentou lentamente, mas para afastar o desconforto crescente, tomei a minha medicação e ouvi o meu iPod. Encontrei-me alternando entre pensamentos de apreensão e sentimentos de enorme orgulho, sucesso que havia conseguido até agora.

Na fila para embarcar no avião, minha apreensão cresceu, mas dando um passo deliberado após o outro, cheguei até a cabine. Encontramos nossos lugares, apertei o cinto de segurança, sentei e me segurei. Quando o avião decolou e atingiu sua altitude desejada, senti-me ansioso, querendo saber se em algum momento essas emoções familiares horríveis se aproximariam, mas não se aproximaram. Após desembarcarmos em Dallas, meu pai e eu mudamos de avião rapidamente e pegamos um voo de volta para Austin.

De volta à terra, senti-me encorajado. Após cumprir essa tarefa considerável de voar sem nenhum incidente, havia me familiarizado com o ambiente, ruídos e solavancos que senti no meu primeiro voo com os Express. Saindo do aeroporto, senti uma tremenda sensação de sucesso por ter tido coragem e vontade de dar esse passo importante à frente.

Embora me sentisse triunfante, minha ansiedade não foi embora. Durante os dias que se seguiram, não conseguia me afastar da constante e irritante sensação de que teria um problema emocional diante da equipe em nosso voo inicial. Em 3 de abril, jogando com os campeões de basquete masculino da NCAA, escrevi no meu diário o que estava sentindo:

> Não me lembro de quando me senti tão inseguro sobre alguma coisa. Não sei se eu posso fazer tudo isso. Não sei se posso lidar com aquilo que já me comprometi... Fico pensando em maneiras de sair desta, mas a cada dia que passa me sinto mais próximo de tudo. Por que eu? Por que tenho que sofrer com estas ansiedades? Deveria estar animado com uma boa oportunidade, mas estou morrendo de medo. Deus me fez assim, então qual é o seu propósito por trás disso? Meu pai vive me dizendo que um dia vou olhar para trás e dar risada, mas não sei se vou sobreviver a isso. Realmente temo pela minha vida. Temo que terei uma dor emocional, que a morte seria a melhor opção. Verei a equipe amanhã, e então serão menos de quarenta e oito horas até a decolagem, na quinta-feira, às 08h30.

Consegui sobreviver aos dois dias seguintes cheio de ansiedade, e, depois de mais uma noite sem dormir, encontrei-me em 6 de abril fazendo o *check-in* com a equipe. Cercado por rostos desconhecidos, sentei-me sozinho por cerca de uma hora esperando para embarcar. Como havia feito com o meu pai, poucos dias antes, escutei o meu iPod e tomei a minha medicação antiansiedade. Embora sentisse um pouco de ansiedade, minha preparação aliviou minha apreensão a um nível tolerável. Havia estado lá antes.

Quando chegou a hora de embarcar, embarquei sem quaisquer reservas. Enquanto caminhava pelo corredor do avião, apliquei o plano no qual havia trabalhado dias antes; sentei-me na última fileira; assim, caso tivesse algum problema, o banheiro estaria a alguns passos de distância. Pensei que ninguém da equipe se sentaria tão longe na parte traseira do avião, mas, quando me aproximei da última fileira, um dos nossos arremessadores já havia pedido o assento da janela. Momentaneamente nervoso, escolhi o assento do corredor, coloquei meus óculos de sol para esconder o pânico em meus olhos e tentei mergulhar na minha música.

Quando o piloto manobrou o avião para a pista de decolagem, minhas mãos ferozmente seguraram o braço da poltrona. Acabou. Este foi precisamente o momento do não retorno que me deixava em pânico cada vez que eu pensava sobre isso durante as duas semanas anteriores. Com o avião ganhando velocidade na pista, minha adrenalina subiu simultaneamente com o rugido do motor. Quando os pneus traseiros perderam contato com o solo, senti meu estômago cair como se eu tivesse deixado escapar um leve suspiro.

Quando o avião subiu, uma onda de energia eufórica correu por mim e dominou todos os pensamentos do futuro desconhecido, provável turbulência e aumento da ansiedade. Senti-me muito vitorioso apenas por estar naquele avião!

Em trinta minutos pousamos em Houston, mudamos de avião, e uma hora depois chegamos ao nosso destino final, Nova Orleans. Quando o avião aterrissou no aeroporto Louis Armstrong, experimentei um dos momentos mais felizes e mais gratificantes da minha vida. Nunca havia tido tanto sucesso. Nunca havia me sentido tão bem sobre mim mesmo.

No restante da temporada (vinte e um dias de viagem), não experimentei quaisquer problemas significativos com os voos. Assim como o meu médico havia previsto, tornei-me tão confortável com voos que, até o final da temporada, já não precisava do medicamento antiansiedade.

Em 21 de novembro de 2006, dois meses após o término da temporada, dediquei um tempo para refletir no meu diário:

> Superei meus medos iniciais de voo e passei a temporada com os Round Rock Express. Passei por ter ataques de pânico pensando em um voo de trinta minutos para Dallas a viajar para uma dúzia de cidades tão distantes como Tacoma e Portland. Ainda estou surpreso com o que fiz. Na verdade, nunca pensei que poderia. Pode ser um dos maiores desafios que eu realmente enfrentei e derrotei! Estou feliz por ter conseguido e muito feliz por não ter desistido. Ao contrário disso, me dei a chance de superar esses medos e demônios... Foi uma gran-

de temporada e uma das experiências mais gratificantes da minha vida. Não posso imaginar o quão diferente minha vida poderia ter sido se eu não houvesse chegado até o fim.

O verdadeiro sucesso não é ser o melhor, mas fazer o nosso melhor

Surpreendentemente para a maioria das pessoas, nem a medicação nem a preparação serviram como catalisadores que me permitiam viajar com a equipe. O fato é que: nunca teria tido a vontade de fazer qualquer uma daquelas viagens se eu não me considerasse uma pessoa de "sucesso" no meio de minha guerra particular com as minhas ansiedades e reservas.

Por meio do processo de lidar com minhas ansiedades de viajar de avião, acreditava que eu era uma pessoa de sucesso por *enfrentar* meus demônios, em vez de me ver como um falho porque *tinha* demônios. Acreditava que havia tido sucesso a cada dia que *não desisti*, em vez de sentir que eu era fraco por *ter o desejo* de *desistir*. Acreditava que eu era uma pessoa de sucesso *por tomar* medicação para a minha ansiedade, em vez de me sentir um fracassado por *necessitar* de medicação. Acreditava que eu era uma pessoa de sucesso por ter *me preparado* para o meu primeiro voo com a equipe, em vez de me sentir patético por *ter que tomar* tais medidas extremas.

Sentindo-se triunfante, eu perseverei; sentindo-me inútil, teria me rendido.

Como é que eu adquiri esse sentimento de sucesso? Como é que tenho um senso elevado de satisfação para realizar proezas que a maioria das pessoas dificilmente consideraria dignas de nota? Foi uma evolução por meio de um processo de redefinição da minha filosofia de sucesso e, em seguida, trabalhando diligentemente para viver a minha vida em conformidade.

O processo teve início em janeiro de 2003, quando comecei a ler autobiografias dos técnicos de elite. Por meio de suas histórias, descobri um ponto de vista sobre o sucesso que estava em completo contraste com o que eu acreditava que seria por pessoas tão realizadas. *Pensei* que eles diriam: "Ganhar não é tudo, é a única coisa". Em vez disso, eles falaram do sucesso sem vitórias e de triunfos sem ganhos. *Pensei* que eles castigariam quem aceitasse algo menos do que ser o número um. Em vez disso, eles saudaram aqueles que deram o máximo de esforço e que por muito pouco não alcançaram os seus objetivos, muito mais do que a vitória de quem a conquistou com menor esforço. Geralmente, teria considerado essa filosofia de sucesso como "leve", mas as suas realizações monumentais me fizeram ponderar seriamente com o que eles escreveram.

"O verdadeiro sucesso e felicidade", declarou o técnico três vezes campeão do Super Bowl Joe Gibbs, "não vêm de coisas materiais e de sonhos se tornando realidade. O sucesso não vem com realizações".[1] Técnico dez vezes no campeonato nacional de basquete, John Wooden o definiu melhor: "Sucesso é a paz de espírito, o resultado direto da autossatisfação em saber que você fez o seu melhor para se tornar o melhor que você é capaz de se tornar".[2]

O técnico campeão do Super Bowl Tony Dungy ilustrou bem com uma analogia esportiva: "Cada um de nós tem a chance de se afastar de alguma coisa, dizendo: 'Fiz o melhor que pude. Cheguei ao limite da minha capacidade. Alcancei o sucesso'. Sob essa definição, uma equipe 5-11 pode ser mais bem-sucedida do que uma equipe de 14-2."[3]

Dar o máximo de esforço não é tudo, é a única coisa

No início, a filosofia de "medir o sucesso apenas fazendo o meu melhor" parecia um clichê, uma vontade de ficar com o prêmio de consolação. Eu não aceitei. Mas as palavras e carreiras de John Wooden e Red Auerbach me fizeram mudar de ideia. Eles dissiparam a noção de que o sucesso com base no esforço é somente para as falhas e para pessoas à procura de vitórias morais. Em vez disso, eles validaram que dar o nosso melhor é a última medida e a única de sucesso. Eles fundamentaram que, independentemente dos nossos resultados, temos sucesso se dermos tudo de nós mesmos a uma causa.

Estatisticamente, o técnico de basquete universitário John Wooden era mais um fracasso do que um sucesso. Ele treinou durante vinte e nove temporadas antes de ganhar um campeonato de qualquer tipo. De fato, em dez de suas primeiras quinze temporadas na UCLA, os Bruins nem sequer chegaram ao torneio da NCAA. Finalmente, em sua décima sexta temporada com os Bruins, Wooden ganhou seu primeiro título nacional. Mais nove se passaram ao longo dos onze anos seguintes.

A notável vitória da temporada de Wooden de repente o torna mais bem-sucedido? Suas realizações parecem indicar essa verdade; porém ele reconheceu que não tinha mais sucesso do que havia tido antes de ganhar um campeonato. "Nos primeiros catorze anos que treinei na UCLA", escreveu Wooden, "nós não ganhamos nenhum campeonato nacional, mesmo tendo trabalhado tanto quanto naqueles anos em que ganhamos dez deles".[4]

Será que o fato de Wooden ter ganho mais campeonatos nacionais do que qualquer outro técnico de basquete universitário o fez o técnico mais famoso de todos os tempos? Achei que seria o caso, mas Wooden não leva a sério tal crença. Ele disse: "Conheço os técnicos que considero tão capazes quanto eu sou – ou até melhores, na verdade – e que nunca ganharam um campeonato nacional, nunca sequer chegaram perto".[5]

Então, como Wooden sentia que estava no lado menos auspicioso da história?

"Se nós não tivéssemos ganho nenhum campeonato", ele respondeu, "teria ficado desapontado sim, mas ainda seria um sucesso aos meus próprios olhos. Teria tido paz de espírito por causa do esforço que dediquei ao trabalho".[6]

Wooden foi um sucesso não porque ele ganhou inúmeros campeonatos (ele ainda teve três vezes mais temporadas sem campeonatos), mas porque ele fez o melhor que pôde para maximizar o potencial de sua equipe.

ESTATISTICAMENTE, o técnico da NBA Red Auerbach também foi mais um fracasso do que um sucesso. Ele treinou por treze temporadas antes de ganhar um campeonato de qualquer tipo. Como Auerbach escreveu mais tarde: "Eu fiz a minha parte de derrotas. Tudo começou com o meu primeiro trabalho de técnico na Escola Prep. St. Alban. E continuou quando os Boston Celtics marcaram mais pontos do que qualquer outro time no campeonato, entre 1952 e 1956, mas sem ganhar um campeonato".[7] Por fim, na sua décima quarta temporada como técnico (décimo primeiro no basquete profissional), Auerbach ganhou seu primeiro campeonato da NBA. Mais oito seguidos nos nove anos subsequentes.

Ao atingir o feito sem precedentes de nove campeonatos em dez anos, Auerbach de repente teve sucesso? Logicamente eu pensava que sim, mas Auerbach já era um técnico de muito sucesso, tendo em vista os fatores fora de seu controle que conseguiu melhorar. O técnico do Hall da Fama da NBA Lenny Wilkens explicou:

> Durante os primeiros dez anos de sua carreira de técnico, Red estava com três equipes diferentes. Ele ganhou dois títulos de divisão, mas nunca um campeonato da NBA. Será que isso faz dele um técnico ruim? Nem um pouco. Red ainda era um grande técnico. Ele usou o máximo do talento que tinha, ganhou um monte de jogos, mas o talento não era calibre de campeonato. Ele não tinha o Hall da Fama de Bill Russell. Apenas uma vez nesses dez anos sem o Russel, Red levou uma equipe para as finais da NBA – e ele perdeu.[8]

Auerbach deveria ser considerado mais famoso do que outros técnicos por causa de suas conquistas? Sempre acreditei que sim, mas Auerbach não pensava assim. Ele disse: "Um jogador ou funcionário que dá o seu melhor, que está disposto a pagar qualquer preço que for preciso para ter sucesso, é um vencedor, independentemente de quem ganha o jogo ou de quais são as posições no final do ano, ou se um determinado projeto é bem-sucedido ou não".[9]

Auerbach foi um exemplo típico do sucesso, não porque ele ganhou inúmeros campeonatos (ele ainda tinha mais temporadas sem um campeonato), mas porque ele fez tudo o que podia fazer para maximizar cada equipe com a qual trabalhava.

Mundano para alguns, triunfante para outros

Quando comecei a aceitar o esforço como a medida do sucesso, descobri que a vontade de exercer o máximo de esforço não era tão fácil quando não fosse elogiado ou reconhecido por algo percebido como comum. Precisando de algo tangível, comecei a procurar casos que ilustram "o verdadeiro sucesso". Busquei exemplos de como o máximo esforço de uma pessoa pode correlacionar-se com algumas das últimas realizações da sociedade: ganhar um Super Bowl, a aquisição de um emprego de prestígio, ou ganhar grandes quantias de dinheiro. Busquei exemplos que poderiam me ajudar a obter satisfação para ter vontade de assumir as dificuldades que muitas vezes são ignoradas, consideradas embaraçosas ou triviais por outros.

Por meio desses livros, encontrei vários.

CONHECIDO por suas proezas de treinamento no campo de futebol, Bill McCartney ganhou um campeonato nacional e três Grandes Campeonatos da Conferência como técnico da Universidade do Colorado. Mas um dos maiores triunfos de McCartney não tinha nada a ver com futebol.

Ao longo de sua vida, McCartney lutou contra o alcoolismo. Apesar dos inúmeros desafios que enfrentou como técnico de futebol, os quais pareciam ser mais difíceis, recusar uma bebida era sempre uma das decisões mais desafiadoras que ele tinha de tomar. Em seu livro *From Ashes to Glory* (*Das cinzas à glória*), McCartney descreveu o desafio de se abster de álcool, quando ele estava com colegas técnicos em um bar:

> Deus certamente sabe que a bebida alcoólica é um problema para mim, e para que eu me sente e beba Coca-Cola, enquanto outros bebem várias cervejas, pode não parecer um passo significativo para aqueles que podem beber ou recusar sem dificuldades. Mas se você ou alguém que você ama já entendeu que pode ser um grande problema, você saberá o que eu experimentei naquele dia.[10]

Só McCartney sabia a extensão da sua coragem e do enorme esforço que o levou a permanecer sóbrio. Só ele sabia o quanto deixar de beber era importante para maximizar o seu potencial. Recusar uma bebida alcoólica nunca seria considerado uma conquista notável como ganhar um campeonato nacional ou o prêmio de técnico do ano. Haveria poucos elogios de outros para se abster do álcool, sem história na Sports Illustrated e na ESPN, pois eles não dão essas notícias. Mas, na realidade, ficar longe do álcool era uma luta tão grande, que a sua recusa a beber superou muitas, se não todas as suas realizações no campo.

PHIL JACKSON GANHOU um recorde de onze campeonatos da NBA, tem o maior percentual de vitórias nas semifinais na história da liga e é o único técnico a levar uma equipe a três campeonatos consecutivos em três vezes diferentes. Com esse currículo notável, parece inconcebível que um de seus maiores sucessos não seja na quadra de basquete.

Quando a temporada de 2004-2005 da NBA se aproximou, Jackson estava lidando com inúmeras personalidades conflitantes em sua equipe dos Los Angeles Lakers. Jackson passou o ano todo lutando, tanto que ele deu um passo muito ousado para qualquer pessoa, ainda mais tendo em conta sua idade e posição: "Decidi contratar um terapeuta para me ajudar a lidar com a temporada que certamente será a mais turbulenta da minha carreira de técnico".[11]

Parecia absurdo que Jackson precisasse de um terapeuta para ajudá-lo e ajudar os seus jogadores. Afinal de contas, ele tinha cinquenta e nove anos de idade, havia vencido nove campeonatos da NBA e foi reverenciado por muitos dos maiores técnicos da história do esporte. Ele certamente poderia ter sentido que sabia tudo e não precisava da ajuda de ninguém, empurrando assim os Lakers e seus problemas sob o tapete. Mas isso não seria fazer tudo o que fosse possível para realizar o seu potencial.

Ao contratar um terapeuta, Jackson mostrou o seu desejo de melhorar, mesmo tendo todo o direito de sentir que ele não precisava fazer isso. Ele mostrou uma vontade de explorar todos os meios necessários para ajudar os outros e a ele próprio. A história vai se lembrar pouco dessas ações. Não haverá troféus ou aclamações, mas, considerando o que suas ações representaram, realmente é uma de suas maiores vitórias.

COMO JACKSON, Red Auerbach é reverenciado por suas excepcionais realizações. Em um período de vinte e nove anos com os Boston Celtics, ele venceu nove campeonatos da NBA como técnico, seguido por mais sete enquanto presidia como gerente geral e presidente da equipe. Tais façanhas fizeram dele um dos indivíduos mais completos na história do esporte. Sem o conhecimento de muitos, no entanto, nada disso teria acontecido se Auerbach não tivesse simbolizado o que significa ter sucesso.

Quando Auerbach começou a treinar na NBA, ele sofreu muito com as náuseas pelo movimento dos aviões que quase encerraram sua carreira. Como relatou mais tarde: "Eu me lembro de quando comecei a voar, logo no início, tinha problemas terríveis com enjoo. Tentei de tudo, sentar na frente, na parte de trás, colocar um travesseiro sobre minha cabeça. Nada funcionou".[12]

Nesse ponto, Auerbach poderia facilmente ter abandonado sua carreira. Mas isso não teria sido o esforço necessário para maximizar suas habilidades. Em vez de ir embora, Auerbach escolheu enfrentar de cabeça erguida as suas dificuldades. "Se eu for ser um técnico na NBA", ele escreveu, "terei que ser capaz de voar. Era simples assim. Eu só teria que lutar".[13]

Enquanto o transporte aéreo é um evento comum para muitos, Auerbach lutou muito. Por ter a vontade de voar, apesar do seu problema de enjoo, não havia notícia de primeira página, broches de condecoração, adulação dos outros. Mas, considerando o quão difícil era o problema e quanto Auerbach teria perdido se tivesse desistido, não pode haver maior triunfo em sua carreira.

Persiga o sucesso verdadeiro; não porque é fácil, mas porque é difícil

Aqueles dezessete dias que antecederam o meu primeiro voo com os Express foram alguns dos mais difíceis da minha vida. Suportei ataques de pânico, distúrbios emocionais graves e constantes dúvidas com relação a mim mesmo. Às vezes meus temores eram tão intensos que a vida se tornava insuportável. Odiava pelo que estava passando e queria que fosse embora por vontade própria. No entanto, uma parte de mim sabia que a dor que eu estava enfrentando era o maior indicador de que eu estava fazendo a coisa certa. Por mais estranho que possa parecer, havia aprendido que o sucesso é muitas vezes acompanhado de dor. Portanto, para se ter sucesso, deve haver uma disposição para suportar a dor.

Nas palavras do técnico campeão nacional de basquetebol Jerry Tarkanian: "As pessoas não dão tudo o que têm todos os dias, porque é difícil e isso dói. De certa forma, empurrar até o limite é contra a natureza humana. A maioria das pessoas simplesmente não funciona assim".[14]

O técnico quatro vezes campeão nacional Mike Krzyzewski acrescentou: "É preciso coragem para colocar o que você acredita ser o melhor de você na linha de frente, para testá-lo e para ver até onde você chega".[15]

Como alguém que anseia por uma vida sem dor, confortável, sujeitar-me à dor vai contra quem sou. A chave para mim foi, apesar das lutas significativas que estava suportando, considerar ter sucesso o suficiente para decidir que tinha a vontade de continuar lutando contra os terrores e o desconforto.

Cada dia que não liguei para os Astros para pedir demissão era um sucesso. Por quê? Porque todos os dias meus medos me provocavam para eu ligar e desistir.

Quando liguei para a psiquiatra e, em seguida, visitei o meu médico, foi um sucesso. Por quê? Porque mesmo sentindo que era uma fraqueza buscar apoio, o busquei mesmo assim.

Quando fui até o aeroporto e fiquei dando voltas por lá, preparando-me para o meu futuro voo, foi um sucesso. Por quê? Porque eu estava sendo pró-ativo em enfrentar o meu problema.

Quando fui com meu pai em um voo para teste, foi um sucesso. Por quê? Porque mesmo estando petrificado em entrar naquele avião, entrei mesmo assim.

Quando embarquei no primeiro voo com os Express, foi um sucesso. Por quê? Porque todos os dias que antecederam esse voo, pensei em maneiras de evitar esse momento, mas não o evitei.

Para alguns, esses sucessos podem parecer insignificantes, quase passíveis de risadas, mas não para mim. Percebi que meu esforço nunca ficará para a história como um grande feito, mas aqueles dias que antecederam aquele primeiro voo representam os dias de maior sucesso da minha vida. Só eu sei o quanto lutei, e só eu sei o quanto de sucesso obtive, e isso é o suficiente.

TRIUNFO E AUTOESTIMA não vêm de metas alcançadas ou reconhecimento de ganho, mas sim de apresentar-se de coração e alma, minuto a minuto, dia a dia para dar o melhor que puder. O verdadeiro sucesso vem de lutar, quando você está com medo, tentar ao máximo mesmo quando ninguém sabe, e ter a coragem de se colocar na linha de frente quando nada é certo.

O fato de que você está contra a parede faz com que sua ousadia seja muito mais admirável. O fato de você estar com medo faz com que a sua coragem seja muito mais notável. O fato de todos desacreditarem de você faz com que os seus sacrifícios sejam muito mais impressionantes. O fato de você estar cansado faz com que o seu esforço seja muito mais triunfante.

Esse é o verdadeiro sucesso. Nada é simples, não há nada mais difícil, mas nada é mais gratificante.

CAPÍTULO 7
OBJETIVOS

SEMPRE ACREDITEI que o meu desejo mais ardente, minha grandiosa visão, meu objetivo mais elevado mudaria a minha vida. E assim foi, na forma mais inesperada.

Na tarde de 6 de fevereiro de 2007, fui notificado pelo meu chefe anterior com os Houston Astros que os New York Yankees estavam procurando um coordenador físico para uma liga menor. Sua tarefa seria a de supervisionar os programas de treinamento físico de toda a organização da liga menor dos Yankees.

Eu não podia acreditar na minha sorte de que uma posição tão importante com uma organização tão prestigiada estava disponível. Seis anos atrás, antes até de ter conseguido uma posição de voluntário de preparador físico de campo, havia traçado o meu objetivo de treinar no auge do mundo dos esportes. Os New York Yankees representavam esse ápice.

Não tinha ideia de que tipo de chance eu tinha, ou se havia alguma chance, mas eu estava determinado a descobrir.

O tempo era essencial, e eu sabia que se eu tivesse qualquer tipo de consideração precisaria de um telefonema de peso para me recomendar. Primeiro liguei para Alan Zinter, um jogador com quem havia trabalhado na organização dos Astros e que conhecia o técnico dos batedores dos Yankees. Com a recomendação do Zinter, o antigo técnico dos batedores notificou as pessoas dos Yankees que eu deveria ser considerado para o cargo.

Surpreendentemente, menos de uma hora após ter sido notificada do cargo, o técnico da liga menor dos Yankees, Mark Littlefield, me telefonou. Tivemos uma conversa muito produtiva de meia hora. Incentivado, para dizer o mínimo, passei as próximas horas ligando para todo mundo cujas recomendações poderiam me ajudar.

Quando o dia se transformou em noite, mais uma boa notícia veio. Disseram-me que um dos responsáveis pela palavra final, o gerente de desenvolvimento dos jogadores dos Yankees, Pat Roessler, era um ex-funcionário dos Astros e conhecia muitos dos meus contatos pessoalmente.

Foi difícil conter a minha emoção quando, na tarde seguinte, Roessler me chamou para uma entrevista. Após a entrevista, me senti confiante de que havia conseguido o cargo, assim como havia me sentido na conversa com Littlefield no dia anterior. Falei bem, respondi às perguntas de forma sucinta e articulei claramente a minha filosofia de trabalho. Ainda mais importante, senti que uma conexão positiva havia sido estabelecida entre nós dois. Quando desliguei o telefone, acreditava que dentro dos próximos dois dias seria convidado para uma entrevista pessoal.

No entanto, após não receber nenhuma ligação dos Yankees por vários dias, meu otimismo começou a diminuir. *O que aconteceu? Será que eles já contrataram alguém? Será que se esqueceram de mim? Será que não havia feito o suficiente?*

Embora tivesse feito tudo o que eu podia fazer, a espera pelo telefonema me trouxe dúvidas. Em 11 de fevereiro, escrevi em meu diário:

> Cerca de setenta e duas horas atrás as coisas pareciam perfeitas. Estou esperando conseguir uma entrevista pessoal, mas estou começando a duvidar que isso vai acontecer. Eles precisam preencher a vaga rapidamente e, aparentemente, eles já estão chamando pessoas para entrevistas. Tenho medo de que o meu tempo, embora breve, já tenha passado. Acho que ainda há uma pequena esperança de que eles possam ligar amanhã, mas duvido que eles irão. É difícil explicar como estou sobre isso agora. Os Yankees é o meu trabalho dos sonhos. E para chegar lá, com a idade em que estou, é a hora certa da realização do sonho. Então, basicamente, é para isso que venho trabalhando. Todos os momentos que sonhei acordado e deixei minha mente vagar em direção ao futuro, isso seria exatamente o que eu quero. Quantas vezes na vida essa oportunidade aparecerá?

No dia seguinte, em 12 de fevereiro, depois de cinco dias e nenhum telefonema dos Yankees, a minha esperança estava perdida, como se pode ler no meu registro no diário:

Eu tinha tanta esperança, tanta excitação, e quando tudo isso vai embora, dói muito. Era muito bom para ser verdade, mas achei que fosse... Senti como se toda a minha vida, principalmente os últimos anos houvessem se somado à realização desse grande objetivo. Senti que todas as falhas, contratempos e sacrifícios seriam justificados. Acho que não era a minha hora ainda. Falta-me a experiência que eles podem obter, faltam-me as credenciais que eles exigem. Nem sei por que pensei que tinha uma chance, e de alguma forma eu me sinto um idiota por ter ficado tão animado... Agora me sinto tão vazio, quase sem esperança.

Ao longo dos dias que se seguiram, a decepção pairava sobre mim, mas a cada momento que se passava, eu me tornava gradualmente mais à vontade com o que havia acontecido. Voltei a trabalhar e foquei no cumprimento dos meus deveres como preparador físico da Universidade de Nova Orleans (UNO). Embora o trabalho com os Yankees ainda fosse o meu sonho, por enquanto, meu sonho teria que esperar.

EM 15 DE FEVEREIRO, sentei-me à minha mesa de escritório na sala de musculação da UNO e comecei a rever os treinos daquela tarde. De repente, meu telefone tocou. Como eu geralmente olho para ver o número no identificador de chamadas, o meu coração começou a bater mais rápido, quando eu vi um número com o mesmo código de área que o escritório dos Yankees. Animado e nervoso com o possível objetivo daquela ligação, atendi ao telefone o mais calmo que pude.

Littlefield precisava apenas falar algumas palavras para mim, para eu ter uma noção de que aquele telefonema era o que eu estive esperando por toda minha vida. Ele me disse que os New York Yankees queriam que eu fosse para o seu centro de treinamento de primavera em Tampa, Flórida, para uma entrevista no dia seguinte. Cheio de emoções muito fortes, só pude emitir as palavras "Eu adoraria", e rapidamente anotei todos os detalhes da viagem.

Quando desliguei, liguei imediatamente para os meus pais e amigos mais íntimos para contar-lhes a boa notícia. Tão grande como o sentimento de alegria foi para mim, dizer aos outros e ouvir suas emoções foi ainda melhor. Após o treinamento do time de beisebol UNO, passei o resto da tarde e a noite na criação de um manual de tudo o que eu senti que os Yankees deveriam saber sobre o meu programa de desempenho esportivo e sobre mim.

Naquela noite, com o meu manual completo e minha mala arrumada, desliguei todas as luzes no meu apartamento, sentei-me na minha cadeira de balanço e concentrei-me nos pensamentos positivos que se derramavam da minha mente. Acreditava que a vida finalmente estava tomando o rumo para o qual eu sempre lutei. Desde seis anos de idade, quando comecei a praticar esportes, aspirava ser um grande atleta e um dia jogar em um nível de elite. Eu queria fazer algo especial, algo que surpreenderia as pessoas, algo que me separaria de todos os outros. Como atleta, eu nunca alcancei esse objetivo, mas a minha carreira de técnico havia me dado uma segunda chance de realizar o meu sonho. Ter um trabalho importante na organização dos Yankees sintetizava o objetivo que havia sido incutido em meu coração desde criança. Enquanto trabalhar com os Yankees, obviamente, seria um sonho transformado em realidade, a posição significava muito mais do que apenas uma realização profissional. Um trabalho com os Yankees daria sentido à minha vida. Eu já não seria mais esquecido. Eu não seria mais apenas o "cara engraçado". Eu não vagaria ao longo da vida me perguntando qual era o meu objetivo. Eu seria especial. Eu seria importante.

Enquanto me balançava no silêncio e na escuridão, pensei na estranha jornada que Deus me fez passar e como tudo havia se reunido para me trazer a este momento, o local exato que eu havia imaginado nos meus sonhos. Afinal de contas, se eu não tivesse sido demitido pela Universidade do Estado do Texas e depois demitido da Universidade de Texas, nunca teria começado o trabalho na organização dos Astros. Se eu não tivesse começado o trabalho com os Astros, não teria conhecido todos os profissionais de beisebol, não teria conhecido pessoas que me ajudaram a conseguir uma entrevista com os Yankees, um trabalho que sempre quis.

Minha jornada profissional não poderia ser comparada com a viagem pessoal, a qual sinto que foi guiada por Deus. Sentia que ele havia feito deste trabalho a minha vocação.

Ao longo da minha vida, havia sempre lidado com as minhas dificuldades emocionais, sonhando que um dia conseguiria algo que faria toda a minha dor e sofrimento valer a pena. Esse foi certamente o caso desde a minha adolescência até os meus vinte e poucos anos – quando sobrevivi aos ataques de pânico e depressão, pois nunca perdi a esperança de que algum dia alcançaria minhas ambições. Quando aparentemente não havia nenhum sentido presente para viver, o meu futuro se tornou o meu foco. Minha terapia diária consistia em ficar na minha cadeira de balanço, escutando música, visualizando como a minha vida um dia seria maravilhosa. No ano passado, minhas visualizações tornaram-se muito mais específicas – o meu objetivo era treinar os Yankees.

Enquanto aqueles pensamentos eram reais na minha cabeça, eles eram mais do que apenas esperanças paliativas. Eu realmente acreditava que aconteceriam e trabalhei duro para garantir que eles acontecessem. Nos últimos seis anos, havia resistido às distrações sociais vindas dos meus amigos e, em vez disso, concentrei minha energia em alcançar o meu objetivo de treinar atletas de elite. Tinha uma obstinação, estava a todo vapor, tudo ou nada. Estava disposto a fazer qualquer coisa e ir a qualquer lugar para me tornar um técnico melhor e, consequentemente, alcançar uma ascensão profissional. Treinar os Yankees representava o produto desse trabalho.

Quando entrei no avião no dia seguinte, eu me senti calmo e confiante. Eu estava preparado. *Profissionalmente* eu tinha aprendido com alguns dos melhores técnicos do país. *Pessoalmente* eu me sentia seguro de que os Yankees eram meu destino, algo que me foi concedido lá de cima. Havia ouvido várias histórias sobre como sonhos grandiosos das pessoas tornaram-se realidade, assim como suas mentes haviam imaginado. Tudo isso me deu uma sensação de predestinação e destino.

Littlefield me pegou no aeroporto de Tampa, e fomos direto para o complexo dos Yankees. Quando entramos no estacionamento, a leitura da placa "New York Yankees - 26 Vezes Campeões Mundiais " intensificou a minha emoção. Enquanto andávamos pelo complexo, as paredes do corredor eram cobertas com fotos de antigas e atuais estrelas dos Yankees. Era um sentimento surreal, sabendo que quando eu era criança, costumava pendurar fotos semelhantes de atletas profissionais no meu quarto, e agora eu estava à beira de liderar tais atletas.

Para minha alegria, a minha primeira entrevista foi com Roessler, com quem eu já havia falado por telefone. Conversamos por aproximadamente uma hora e eu fiquei com a impressão de que a conversa não poderia ter ido melhor. Depois da entrevista, tive um jantar com Littlefield, que me informou que eu era um dos cinco candidatos a ser entrevistado e que a minha reunião do dia seguinte com o vice-presidente sênior Mark Newman seria muito importante para mim.

Mais tarde, naquela noite, em meu quarto de hotel, senti um toque de nervosismo. Eu nunca havia falado com Newman, e claramente esse seria um dos momentos mais críticos da minha vida. No entanto, estava montando uma onda de confiança. Fechei os olhos e dormi tranquilamente.

Na manhã seguinte, nervoso mas confiante, fui levado para a sala de reunião no complexo dos Yankees, onde me sentei e, em seguida, me pediram para esperar por Mark

Newman. Sozinho, cercado pelo silêncio, o meu mal-estar aumentou, e precisei ficar limpando as palmas das mãos para que, quando nos cumprimentássemos, ele não percebesse o quão nervoso estava.

Finalmente, depois de esperar ansiosamente por quinze a vinte minutos, Newman entrou e se apresentou. À medida que começamos a conversar, senti meu estômago aliviando lentamente. Estávamos conversando há uma hora, e embora não achasse que tudo havia corrido perfeitamente, tudo correu bem o suficiente para que, ao final da reunião, ele me dissesse o quão impressionante eu era. Ele me disse que não sabia quando a decisão final seria dada, mas alguém da organização entraria em contato.

Na espera no aeroporto de Tampa, naquela tarde, para o meu voo de regresso para New Orleans, senti que sabia tudo o que precisava saber. Havia me apresentado bem durante todo o processo: confiante, preparado e bem articulado. Considerando-se que foi a minha primeira experiência em uma situação extremamente importante tanto para minha carreira, quanto para minha vida, não acho que eu poderia ter feito muito melhor. Esses sentimentos positivos me tranquilizaram, como normalmente repetiria todas as coisas que poderia ter feito melhor. Liguei para o meu pai e a alguns dos meus amigos mais próximos e disse-lhes que sentia que havia feito o meu melhor para conseguir o trabalho.

Logo após a decolagem, quando o avião se estabilizou sobre o Golfo do México, olhei para o mar e tive uma sensação maravilhosa de realização e alegria e de que a minha vida estava prestes a mudar para sempre. Senti-me muito abençoado. Agradeci a Deus por tudo o que Ele me havia feito passar. Agradeci-Lhe por todas as adversidades e lutas. Lágrimas encheram os meus olhos quando pensei sobre como a viagem, tão imprevisível, precisou ser exatamente do jeito que aconteceu para que eu chegasse ao ponto final que sentia que era iminente.

Imaginava o futuro e pensei o quão felizes e orgulhosos meus pais ficariam quando eu dissesse que havia começado o trabalho. Todas as lutas e dor que havia feito eles passarem finalmente pareciam ter valido a pena. Podia ver todos nós nos abraçando e partilhando alguns momentos de felicidade completa. Estava animado para contar aos meus amigos mais íntimos também – os que haviam acreditado em mim. Eles haviam lutado por mim e me deram amor e confiança, quando o resto do mundo me virou as costas. Ser contratado pelos Yankees seria a minha maneira de agradecê-los.

SE ACHEI que os dias à espera da decisão dos Yankees de me entrevistar foram difíceis, os dias à espera de sua decisão de contratação foram como uma punição cruel e incomum. Tentei fazer os dias passarem mais rápido, dormia todo o tempo livre que tinha, mas a minha mente não sossegava o suficiente para permitir que eu adormecesse. Tentei me exercitar fisicamente, mas entre cada aparelho, olhava para o meu telefone para ver se havia uma chamada não atendida. Ia ao escritório de basquete no UNO para assistir à tevê, mas a tevê estava sempre na ESPN, onde, inevitavelmente, haveria notícias do treinamento de primavera dos Yankees. Não conseguia escapar do tormento de espera.

A cada dia que se passava sem um telefonema, ficava um pouco mais desanimado. *Por que está demorando tanto? Se eu tivesse feito um trabalho tão bom quanto pensei, eles saberiam imediatamente que eu era o cara certo. Talvez essa oportunidade não aconteça.*

Todas as vezes que estava à beira de ter um colapso, lembrava-me de que eles estavam entrevistando mais pessoas e que não havia nenhuma data definida para quando tomariam sua decisão. Suprimia minhas dúvidas com a minha esperança de que eu seria selecionado para o cargo. A dúvida e a esperança se tornaram o meu ciclo diário. Sofri por uma semana.

Finalmente, na manhã de sábado, 24 de fevereiro, os Yankees me ligaram. Quando vi o número no identificador de chamadas, respirei fundo e atendi. Era Littlefield. Ele me disse que todos estavam muito impressionados comigo e ficaram entre dois candidatos, um outro rapaz e eu. Eles haviam escolhido o outro.

Difícil mesmo foi falar naquele momento, consegui agradecer-lhe e perguntar se havia algo que eu poderia ter feito melhor. Ele disse que não e que ele me manteria informado se soubesse de alguma coisa no futuro. Quando o nosso telefonema terminou, uma dor imediatamente correu pelo meu corpo, meticulosamente e sem piedade, escaldando cada nervo.

Chorei, gritei, xinguei, joguei almofadas no chão, dei um soco no sofá com toda a força que tinha e, em seguida, cai no chão em desespero. Minha mente e meu corpo queimavam de agonia.

Senti-me torturado. A vida estava me punindo. Deus estava brincando comigo. Depois de tudo o que eu havia passado, pessoal e profissionalmente, ter o meu sonho tão perto de se tornar realidade, só para ser tirado de mim, senti que haviam armado para mim o tempo todo.

Algum tempo depois, quando finalmente havia me acalmado, comecei a fazer os dolorosos telefonemas para os meus pais e amigos íntimos para contar-lhes que não consegui o emprego. Cada vez que dizia essas palavras, uma parte de mim morria por dentro. Não só havia construído um nível extremo de esperanças, mas havia construído esperança nos outros, apenas para decepcioná-los também.

Não poderia ter sido mais devastador.

A terrível dor de quase alcançar os seus objetivos não é motivo para desistir

Nos dias que se seguiram, estava totalmente despreparado para saber como lidar com a minha devastação. Sabia que as pessoas passavam por essa decepção de quase alcançarem os seus objetivos o tempo todo, mas desta vez me senti completamente diferente. O meu não era apenas um objetivo comum. Foi um sonho de uma vida inteira, algo que havia trabalhado de alguma forma desde que eu era criança. Mais importante ainda, era o sonho que havia me sustentado pelas minhas mais profundas e escuras horas enquanto lidava com a minha turbulência emocional. Era um sonho que havia sido incorporado no meu coração, minha razão de sobreviver, minha vocação.

A consequência de tal decepção foi uma corrida de emoções horríveis: meu coração parecia que havia sido arrancado, a minha autoestima foi esmagada, minha fé em Deus era inexistente. Meus demônios tiveram o prazer em me lembrar como haviam me dito que eu nunca iria conseguir o emprego e que eu não era bom o bastante. Relutantemente, eu concordei. Minha vida não tinha sentido. Estava tendo uma recaída de autodestrutividade e negatividade.

Durante vários dias, decidi que já era o suficiente e que eu não perseguiria todos os objetivos dignos de nota. A partir disso, estaria contente em viver uma vida normal, onde eu não sonhava com nada, não tinha visões sublimes e não trabalharia para alcançar todas as metas ambiciosas. Tinha acabado com tudo isso. Preferiria me contentar com menos do que me arriscar a passar por todo aquele sofrimento novamente. Se Deus ou até mesmo a própria vida eram meus inimigos, não lutaria contra eles mais. Era muita tortura. Que diferença isso faria se eu estava levantando a bandeira branca da rendição? Eu não estava destinado a nada de especial mesmo.

Mesmo quando estava dizendo a mim mesmo que estava desistindo dos meus sonhos, lá no fundo eu sabia que eu não queria desistir. Eu realmente não queria me contentar com uma vida comum. Eu queria continuar. Eu queria alcançar os meus sonhos. Mas como? Parecia algo tão sem esperança. O que você faz quando todas as suas esperanças e os sonhos acabam de ser esmagados e você não sabe se terá outra chance?

Poucos dias depois da notícia devastadora, abri o meu livro de citações dos técnicos e reli uma história sobre os desafios de alcançar as metas do técnico de basquete três vezes campeão nacional Jim Calhoun:

Você exerce um grande esforço, começa a empurrar as pedras para cima da montanha, seus objetivos em seguida, assiste com horror a quando você perde a sua aderência, e a pedra vai rolando, caindo montanha abaixo. Você tem sorte de ela não rolar sobre você. Então, o que você faz? Desiste? Foge? Ou você desce a montanha, agarra a pedra e começa a empurrá-la para cima novamente, redobrando seus esforços, pois chegar ao topo da montanha com a pedra tem um significado muito importante para você?[1]

Histórias como essas eram inspiradoras, mas faltava um elemento humano. Faltava-lhes a terrível dor, sofrimento e dúvida que eu sentia. Ninguém, pensei, poderia ser negado a um passo de seus sonhos e experimentar uma devastação completa, em seguida, recuperar o suficiente para conseguir algo igual ou maior em uma data posterior. Por experiência própria, sabia o quão doloroso foi tudo o que passei, não conseguia entender como uma pessoa podia dedicar-se a um novo objetivo novamente, quando não havia nenhuma garantia que os resultados da próxima vez seriam diferentes.

A história de Calhoun não me impulsionou para uma ação imediata. Mas continuei lendo. Para minha surpresa, encontrei numerosos casos em que grandes técnicos haviam experimentado a dor terrível de estarem a um fio para alcançarem seus objetivos finais, recuperaram-se e alcançaram um feito igual ou maior no futuro. Na verdade, havia mais do que algumas poucas histórias. Pelo contrário, esta série de eventos aconteceria com tanta frequência que poderia ser considerado um requisito, e não um desvio, sobre a jornada para alcançar nossas metas.

POR VINTE E UM ANOS (catorze como um assistente técnico e sete como técnico), Jimmy Johnson estava trabalhando para levar um time de futebol para um campeonato nacional. Em 1986 seu objetivo de carreira estava ao seu alcance quando ele levou seus invictos Miami Hurricanes para o jogo do campeonato nacional contra os Penn State. Os Hurricanes eram favoritos a entrar no jogo como uma das equipes mais dominantes nos últimos anos.

Apesar de sua aura de invencibilidade, Miami estavam irritados pelos Penn State 14-10. Johnson sabia que ele havia perdido mais do que apenas um jogo. Era a chance de ganhar seu primeiro campeonato nacional como técnico e para os Miami entrarem para a história como um dos maiores times de todos os tempos. Como Johnson contou: "Foi a perda mais devastadora que tive. E permanece sendo até hoje. Fui para o vestiário, e os jogadores estavam chorando. As emoções eram galopantes e eu estava devastado. Sabia que havíamos acabado de perder uma chance de sermos lembrados como um dos melhores times de todos os tempos. E eu sabia que era o melhor time que já treinei. Chegamos perto".[2]

Nas horas e dias seguintes à perda, parecia que nada bom poderia vir no futuro de Johnson. A chance de alcançar o seu objetivo tinha acabado. Não havia nenhuma razão para continuar tentando.

Mas Johnson nunca desistiu ou se rendeu. Ele continuou lutando.

NA TEMPORADA DE 1974-1975, Bob Knight liderou uma equipe de Indiana Hoosiers repleto de estrelas, para uma temporada regular invicta (29-0). Depois de vencer suas duas rodadas de abertura no torneio da NCAA, os Hoosiers estavam a apenas três jogos de distância de alcançar sua meta de carreira dos Knights, a de ganhar um campeonato nacional. Mas os Elite Eight, da Universidade de Kentucky, perturbaram os Hoosiers em 92-90.

Os Hoosiers ficaram em 31-1 o ano inteiro, mas isso custou a Knight não só perder uma oportunidade de ganhar o seu primeiro campeonato nacional, mas também perder a chance de ter uma temporada invicta histórica. Foi uma perda devastadora e que deixou Knight pensativo sobre o futuro. "Eu não tinha nenhuma certeza se voltaríamos um dia", contou Knight, "porque tínhamos perdido com a melhor equipe que eu já tive. E eu sabia que havia colocado todos os esforços que pude naquela temporada, incluindo algumas coisas que eu nunca havia feito antes."[3]

Nas horas e dias seguintes à perda, parece que nada de bom poderia vir no futuro do Knight. A maior oportunidade de alcançar o seu objetivo havia sido desperdiçada. Não havia razão de tentar novamente.

Mas Knight se recusou a desistir ou se render. Ele continuou o combate.

Se a temporada de 1975 havia terminado com tanta dor e devastação, a temporada seguinte terminaria com a maior exaltação e euforia que se podia imaginar. Mais uma vez os Hoosiers tiveram uma temporada regular invicta, mas desta vez eles permaneceram imaculados, vencendo o campeonato nacional e tornando-se o único invicto de sete equipes. O campeonato nacional foi o primeiro de Knight, mas o seu legado não terminaria ali. Após sua aposentadoria, em 2008, Knight havia ganho um total de três campeonatos nacionais, uma medalha de ouro olímpica, apareceu em cinco Finais Four e acumulou 902 vitórias – mais do que qualquer técnico na NCAA da Primeira Divisão da história do basquete masculino.

Em 1964, Don Shula Baltimore Colts rasgou os NFL indo de 12-2 na temporada regular. Como Shula disse "algumas pessoas diziam que esta equipe era a melhor da história".[4] No campeonato da NFL (equivalente ao Super Bowl de hoje), os Colts foram derrotados pelos Cleveland Browns, tirando o Shula do seu primeiro campeonato. Chocado, ele mais tarde escreveu: "Os Colts foram os fortes favoritos para derrotar os Browns no título da NFL. Depois de um primeiro tempo sem gols, nós entramos em desespero completamente. Tanto é que fomos derrotados por 27-0. Fiquei envergonhado".[5]

Quatro anos mais tarde, no Super Bowl III, os Colts do Shula eram os favoritos para derrotar os New York Jets. Mas, em uma das maiores surpresas da história da NFL, os Jets chocaram os Colts em 16-7. Mais uma vez Shula foi rejeitado. "Não consigo nem detalhar nossa decepção", disse Shula.

"Foi como uma sentença de morte. Esta foi a primeira vez que uma equipe de Liga Nacional de Futebol perdeu para uma Equipe da Liga de Futebol Americano. Ninguém nunca se esquecerá disso. Ficarei escrito no livro dos recordes como tal."[6]

Três anos após a derrota devastadora, Shula, então, o técnico do Miami Dolphins, ficou aquém, mais uma vez, perdendo para os Dallas Cowboys em 24-3 no Super Bowl VI. Contando o desgosto que se seguiu, Shula escreveu: "Foi o ponto baixo da minha carreira de técnico. Estava em dois Super Bowls e fui o técnico perdedor nas duas vezes. Não poderia ser pior. Não havia nenhuma maneira de me consolar".[7]

Nas horas e dias seguintes mais uma derrota no jogo do campeonato, parecia que nada de bom poderia vir no futuro de Shula. Havia tido três grandes oportunidades para alcançar seu objetivo e havia falhado em todas elas. Era claro que não era para ser. Ele deveria desistir antes de sofrer ainda mais desgastes.

Mas Shula se recusou a desistir ou se render. Ele continuou lutando.

No ano seguinte, no Super Bowl VII, Shula finalmente conseguiu seu primeiro campeonato da NFL com os seus Dolphins e venceu os Washington Redskins em 14-7. Ironicamente, o primeiro campeonato da NFL de Shula coincidiu com os Dolphins se tornando a única equipe na história da NFL a completar uma temporada perfeita (17-0). O reinado de Shula não terminou aí: ele conduziu os Dolphins a uma vitória do Super Bowl no ano seguinte e se aposentou como o líder de todos os tempos na história da NFL com 347 vitórias como técnico.

NUNCA IMAGINEI que pessoas tão realizadas e dignas de nota já houvessem estado em tais circunstâncias devastadoras. Ficar aquém e ser totalmente abatido era para as pessoas *comuns e imperfeitas* como eu. Mas esses técnicos não só experimentaram momentos devastadores, mas suas mágoas produziam as mesmas emoções angustiantes e dúvidas que eu estava sentindo atualmente. Eu não estava sozinho.

Apesar de experimentar tais situações e emoções devastadoras, os técnicos sobreviveram, se recuperaram, e no final continuaram para alcançar suas conquistas iguais ou maiores do que aqueles que haviam chegado tão dolorosamente perto de alcançá-las – esse conhecimento me deu esperança. Em uma época em que era quase impossível para mim acreditar que o meu futuro tinha algo de bom para me oferecer, o fato de que esses técnicos de elite, no final, triunfaram, tornou-se uma fundação sobre a qual eu poderia construir. Agora eu tinha mais do que uma opinião, eu tinha provas. Enquanto grandes coisas no futuro imediato pareciam impossíveis para mim, as coisas maravilhosas que pareciam impossíveis para eles no final se realizaram.

Esses exemplos me incentivaram a não procurar o caminho de conforto e facilidade, desistindo dos meus sonhos. Ao contrário, eles me motivaram a enfrentar a dor e continuar a batalha para os meus objetivos com o mesmo empenho e obstinação de antes, sabendo que algo grande um dia aconteceria se eu não desistisse ou me rendesse.

Saborear a gloriosa luta

O que aprendi com as histórias do Johnson, Knight e Shula foi que ser derrubado e ter que lutar arduamente é um requisito para alcançarmos nossas metas. Além disso, aprendi que a luta para alcançarmos o que está em nossos corações e a luta para triunfar sobre a adversidade, a luta para colocar o melhor de nós mesmos na linha de frente com nenhuma garantia de vitória é o mais raro e a mais heróica das ações. Ao contrário do pensamento popular, o sacrifício de sangue, suor e lágrimas é muito mais notável e significativo do que qualquer resultado obtido.

No entanto, uma coisa é ler sobre a luta, é completamente diferente, e outra é dedicar tempo e esforço para combater e, em seguida, continuar lutando. Para me ajudar a reunir a força de vontade e coragem necessária para lutar, descobri que as seguintes histórias, elogiando a real luta contra si mesmo, aumentaram a minha vontade de participar da batalha. Estas histórias mostram como precisamos ser corajosos para nos colocarmos na linha de frente quando não existe nenhuma garantia de alcançar o nosso objetivo. Elas demonstram o quão heróico é se levantar e não desistir quando acabamos de ter sido espancados e estamos no chão. Elas permanecem como prova de que lutar para alcançar nossos objetivos é muito mais notável do que atingi-los.

O TÉCNICO DE FUTEBOL da Universidade, Tom Osborne, levou os seus invictos Cornhuskers Nebraska ao Orange Bowl de 1984, onde eles eram os favoritos por dez pontos e meio sobre os "uma vez vencidos" Miami Hurricanes. Uma vitória ou um empate garantiria aos Nebraska um campeonato nacional e seria a primeira como técnico de Osborne.

No primeiro trimestre, os Hurricanes saíam com uma vantagem de 17-0. Os Nebraska conseguiram se recuperar no segundo trimestre, cortando a liderança para 17-14 no primeiro tempo. Após empatar em 17 no início do terceiro trimestre, Miami marcou 14 pontos sem resposta para tomar o comando de 31-17 liderando o quarto trimestre.

Embora seus sonhos estivessem se desmoronando, os Nebraskas continuaram lutando.

Perdendo de 24-31, os Cornhuskers de Osborne marcaram um *touchdown* faltando 48 segundos para o fim do jogo, cortando a liderança de Miami para um. Para o ponto seguinte, Osborne enfrentou um dilema. Se ele chutasse o ponto extra, o que era garantido, e empatasse o jogo (não havia tempo extra no futebol universitário na época)? Ou ele deveria tentar os dois pontos para tentar ganhar o jogo, o que era uma proposta muito mais arriscada? Pesando nesta decisão para Osborne, o fato era que, mesmo com um empate, Nebraska ganharia o campeonato nacional. Decisão simples, certo? Chute o ponto extra.

Mas Osborne escolheu de forma diferente, foi para a tentativa de dois pontos para ganhar. A decisão custou caro, pois a passagem do seu lançador foi desviada na zona do fim, garantindo uma vitória para o Miami 31-30, e impedindo Nebraska e Osborne de ganharem um campeonato nacional.

A falha na conversão dos dois pontos não parecia ser um final trágico que ofereceu nada além da devastação do Osborne, de sua equipe e dos seus fãs. No entanto, muitas pessoas saíram profundamente impactadas pela resiliência e vontade de colocar tudo na linha do Nebraska. Osborne, um homem profundamente religioso, contou como, em sua autobiografia, *Faith in the Game* (*Fé no jogo*):

> Deus usou essa perda e falha na conversão dos dois pontos para afetar as pessoas de uma forma surpreendente. Alguns viram isso como mais uma tentativa fracassada de ganhar um campeonato nacional, e alguns viram outra coisa bem diferente. A maneira como jogamos o jogo, voltando de um déficit de 17 pontos e indo para a vitória no final, em vez de chutar o ponto e garantir um campeonato nacional, teve um efeito profundo sobre as pessoas. Juntaram um significado espiritual para a jogada de dois pontos com falha que transcendeu os reais eventos do jogo. Eles sentiram que jogamos um jogo que honrou a Deus.[8]

A resiliência do Nebraska e a ousadia de Osborne exemplificam o que significa lutar. Eles nunca desistiram, continuaram lutando, e quando tiveram a chance de se estabelecer, almejaram um objetivo maior. Embora tivessem ficado aquém do seu objetivo final, despertaram em mim o desejo de ser tão resistente e corajoso na busca dos meus objetivos. Preferiria lutar incansavelmente e ficar aquém do que colocar meio esforço e conseguir o que quero.

PROVAVELMENTE a mais famosa luta de boxe de peso pesado na história ocorreu em 1971 entre Muhammad Ali e

Joe Frazier. Considerada "A Luta do Século", aconteceu no Madison Square Garden, onde os dois invictos travaram uma batalha épica.

Ali começou forte, dominando as primeiras rodadas, mas Frazier virou a maré, assumindo o comando nas rodadas intermediárias. Dali era um duelo clássico com ambos os lutadores combinando socos. No final, com um minuto restante na undécima primeira rodada, Frazier pegou Ali com um gancho de esquerda vicioso e somente as cordas evitaram que Ali batesse na tela. Cansado e ferido, Ali conseguiu sobreviver à rodada, mas a partir daí Frazier começou a infligir grave punição.

No entanto, mesmo com a luta se esvaindo e os golpes duradouros e devastadores, Ali continuou a batalha.

Vinte e quatro segundos da quinta e última rodada, Frazier pegou Ali com um gancho de esquerda devastador que enviou o ex-campeão à grade, em um colapso violento. Mas, mesmo com a sua mandíbula grotescamente inchada e a luta claramente perdida, Ali subiu em seus pés, recusando-se a se render. Ele conseguiu terminar a rodada apenas para chegar à conclusão de que ele havia perdido o campeonato mundial de pesos pesados, em uma decisão unânime.

Nos livros de história, o resultado é claro: Joe Frazier derrotou Muhammad Ali. Mas trinta anos mais tarde, em seu livro *How Good Do You Want to Be?* (*O Quão Bom Você Quer Ser?*), o técnico de futebol duas vezes campeão nacional Nick Saban não se lembra do resultado, mas sim de como Ali lutou. Saban escreveu o seguinte:

Muhammad Ali foi derrubado pela primeira vez em sua carreira, nas rodadas finais de sua derrota para o Joe Frazier. Quando parecia que Ali já havia perdido a luta, levantou-se e continuou. Quando lhe perguntaram após a luta o porquê de ter se levantado, o campeão respondeu: "A primeira coisa que ouvi foi oito. A primeira coisa que pensei foi que eu não pertencia àquele lugar". Ele se levantou e terminou a luta por causa do seu orgulho. Ele era um campeão, e os campeões não pertencem ao chão.[9]

Tão dedicado quanto Saban é para vencer, sua escolha para ilustrar a grandeza de Ali através de um esforço de derrotas é surpreendente. Ele poderia ter escrito sobre as duas revanches lendárias onde Ali derrotou Frazier, mas não o fez. A luta de Ali e o louvor subsequente de Saban reforçaram o quão heróico é para nos levantarmos quando somos derrubados; quão glorioso é continuar lutando, apesar de toda a esperança da vitória parecer perdida. A falta de vontade de Ali admitir, chamou, dentro de mim a motivação para não desistir dos meus sonhos, mesmo quando minha mente estiver gritando por redenção.

A luta para alcançar seus objetivos melhorará imensamente sua vida independentemente de você alcançá-los ou não

Mesmo com uma esperança para o futuro e uma nova perspectiva de luta, momentos difíceis me seguiam nos dias e semanas após a decisão dos New York Yankees. O vazio, a tristeza e a raiva, todos ficaram dando suas voltas, ocupando minha mente, mas não durou muito. Alertado pelas histórias de Ali e Osborne, optei por olhar para trás na jornada para alcançar o meu objetivo de trabalhar com os Yankees, em vez de ficar a um passo do meu objetivo que não foi alcançado. O que descobri por meio dessa reflexão foi esclarecedor. Sempre pensei que trabalhar com uma equipe de elite mudaria a minha vida. Mas percebi pela primeira vez que o processo já havia mudado a minha vida. Certamente, trabalhar com os Yankees teria sido um resultado muito bem-vindo, mas na verdade teria sido irrelevante para a mudança que já havia ocorrido.

Antes de ir mais longe, quero apresentar minhas descobertas, tornando claro que todas as coisas são iguais, eu preferiria ter sido contratado pelos Yankees em vez de ter ficado a um passo da contratação. Estou plenamente consciente de que não consegui o meu objetivo final. Independentemente disso, a jornada de me colocar em uma posição de ser contratado pelos Yankees ainda era a mesma.

O que eu apresento nestas páginas são os fatos como eu os vejo. Eles podem parecer insignificantes para você, mas são monumentais para mim. Não é minha intenção, mostrando o que eu encontrei, me vangloriar ou de alguma forma implicar que as minhas lutas e triunfos são surpreendentes. Pelo contrário, espero que lendo o que eu descobri, você se prontifique a procurar e, consequentemente, descobrir as mesmas notáveis e incríveis mudanças que o caminho para os seus sonhos têm feito em sua vida. Estou convencido de que você verá, como eu vejo agora, que o processo é muito mais importante do que qualquer resultado.

DOS DEZOITO AOS VINTE ANOS, tudo o que eu queria da vida era acabar com os ataques de pânico e depressão que haviam me paralisado e me confinado em minha própria casa. Rezava, na esperança de que um dia eu acordaria e Deus teria me curado, mas isso nunca aconteceu. A terapia e medicação me deram alguns ganhos, mas não o suficiente para viver uma vida normal e feliz. Em reflexão, agora posso ver que parte da razão da minha recuperação ter sido lenta foi o fato de sentir que eu não tinha nenhuma razão para me recuperar. Não havia nenhum senso de urgência, nenhuma luta real. Estava fazendo o mínimo de esforço e atingindo a quantidade mínima de ganhos.

Com vinte anos de idade, fui impulsionado a me tornar um preparador físico famoso nos esportes. De repente tinha uma razão para enfrentar minhas dificuldades emocionais. Tinha um motivo para ir além da minha terapia e medicação. Tinha uma razão para começar a empurrar o limite das minhas limitações percebidas. Eu tinha uma razão para começar a desenvolver a mentalidade de que eu era mentalmente forte. Sabia que, a fim de realizar o meu nobre objetivo, tivera que lutar com os meus demônios dia após dia. Claro, queria vencer minhas lutas emocionais, pois elas me incomodavam, mas eu finalmente tinha um incentivo para superá-las. Treinar no nível mais alto significava tudo isso para mim.

Olhando para trás, não há absolutamente nenhuma dúvida em minha mente de que não superei os meus ataques de pânico e a minha depressão, tendo eles especificamente como alvos, mas sim tendo especificamente o meu objetivo como alvo. Deus sabe, se eu não tivesse tido um objetivo, especialmente um tão alto, nunca teria atacado os meus obstáculos pessoais com a mesma agressividade que me levaram a derrotá-los.

COM A DEFINIÇÃO do meu objetivo de treinar no topo do esporte, sabia que teria que ser muito bom no meu ofício. Para isso, precisava aprender com os melhores técnicos. Mas isso não foi fácil. Minha timidez natural sempre tornou difícil para mim conversar com os técnicos que não conheço bem. Minhas inseguranças me faziam perguntar sobre coisas difíceis, pois queria ganhar o respeito desses técnicos de elite e não revelar o quão pouco eu sabia. Mas por querer treinar ao mais alto nível, estava disposto a buscar os melhores técnicos para aprender com eles. Estava disposto a continuar colocando-me em situações sociais desconfortáveis para aumentar as minhas chances de alcançar o meu objetivo.

Além disso, a arte de se tornar um técnico mais eficaz significava ter que avaliar constantemente o trabalho que eu estava fazendo e fazer as mudanças necessárias. Todas as vezes que realizava esse processo, minhas inseguranças e ansiedades me faziam uma provação desagradável. Era sempre doloroso para mim descobrir o quanto estava me faltando ou que eu havia cometido erros dispendiosos. Era sempre esmagador quando confrontava com a realidade do quão melhor eu precisava ser e quanto tempo a mais essa jornada para a excelência tomaria. Angústia e medos graves apresentavam-se todas as vezes que eu tentava melhorar e mudar como resultado do que eu havia aprendido com minha autoavaliação. No entanto, para todo o meu desprezo, sabia que esse processo era o preço que eu tinha que pagar para realizar o meu sonho. Eu sabia que, a fim de alcançar a excelência nos níveis mais altos dos esportes, precisava me tornar um técnico melhor. Em reflexão, se as minhas ambições tivessem sido menores, o meu desejo teria sido diminuído significativamente e, consequentemente, nunca teria tido a vontade de realizar a desagradável autoavaliação e executar as desconfortáveis melhorias.

PARA TODOS os maravilhosos benefícios que recebi por ter insistido no meu sonho, a parte mais importante do processo residia com os outros. Na época da entrevista dos Yankees, havia trabalhado em três universidades diferentes e em uma organização profissional, guiando inúmeros atletas. Pelo meu caminho, foi-me dada a oportunidade e plataforma para impactar positivamente nos outros física, emocional e espiritualmente. Se o meu objetivo tivesse sido diferente, talvez nunca teria trabalhado em um ambiente onde poderia interagir com muitas pessoas. Se o meu desejo de me sobressair tivesse sido menor, não teria tido um impacto tão forte sobre os atletas com quem trabalhei, teria o conteúdo apenas para estar lá.

Embora tivesse chegado perto do meu objetivo pessoal, sabia que havia ajudado outras pessoas a conquistar os seus. Isso fez toda a viagem valer a pena.

SE VOCÊ TRABALHAR muito e arduamente para atingir um objetivo e ficar a um passo de alcançá-lo, essa situação é devastadora. O rescaldo é pura tortura. Você pode optar por permanecer torturado ou você pode escolher, de alguma forma, de alguma maneira, se levantar e tentar novamente.

Consegui lutar contra a decisão dos Yankees, ficando a um passo de alcançar o meu objetivo novamente, vinte meses mais tarde, para o mesmo cargo, com uma organização profissional diferente, e foi frustrante. Apesar disso, lutarei sabendo que grandes coisas me aguardam, se eu me recusar a desistir ou a me render. Lutarei, sabendo que a batalha sangrenta e feroz é a gloriosa. Lutarei, sabendo que é o que eu faço ao longo do caminho para alcançar os meus objetivos que cria as melhorias mais profundas e importantes da minha vida.

Sem retiro, sem rendição!

CAPÍTULO 8
FRAQUEZAS

ODEIO AS MINHAS fraquezas. Fazem-me sentir mal sobre mim mesmo. Dolorosamente ciente de todos os meus defeitos, ando por aí com o meu queixo aparentemente costurado no meu peito, consumido por inseguranças e sentimentos de inadequação.

Como resultado, tenho tentado superar minhas deficiências a minha vida inteira. Sou obcecado em identificá-las e tento me livrar dos seus efeitos brutais. Mas por mais que tente, algumas delas recusam-se a ir embora. Elas demoram, adormecem por um tempo, apenas para retornar em um momento posterior, ou diminuem apenas o suficiente para me lembrarem que continuam por perto.

O mais indomável dos meus pontos fracos é a minha predisposição para depressão e ansiedade. Olhando para trás, posso ver que, mesmo quando eu era um menino de oito anos de idade, eu já tinha sintomas. Na escola eu era tão sensível que minha professora questionou os meus pais sobre a minha vida em casa. Uma vez, lembro-me de estar na sala de aula, procurando freneticamente nos meus materiais por um dos meus lápis da equipe da NFL. Quando não consegui encontrá-lo, cai em prantos diante da classe. Havia formado uma relação com um objeto inanimado e não podia suportar ficar sem ele. Mesmo naquela época, eu me lembro de ter me perguntado de onde tal vazio se originou. Por que ficava chateado tão facilmente?

Poderia listar centenas de exemplos de baixa autoestima, ondas de tristeza, desesperança, extrema angústia, pensamentos catastróficos e ansiedade de separação que precederam o verão de 1998, o verão quando, com dezoito anos de idade, comecei os tratamentos semanais para a mesma doença de que tanto a minha avó quanto a minha mãe haviam sofrido, depressão e ansiedade.

Meu diagnóstico finalmente forneceu um nome para o meu inimigo, mas os meus sentimentos em relação às minhas vulnerabilidades permaneceram as mesmas. Odiava viver uma vida sobrecarregada com melancolia, sensibilidade, letargia e os sentimentos de ansiedade e medo de coisas sobre as quais a maioria das pessoas nunca sequer pensaram.

Antes de ser diagnosticado, foi difícil ser feliz comigo mesmo ao lidar com estas fragilidades emocionais e psicológicas. Lidar com o aumento da autoconsciência, resultado que a doença mental estigma trouxe, tornou as coisas ainda piores. Sabia que a sociedade fazia careta para mim. Para o mundo eu era fraco, frágil e, talvez, um louco. Se eu contasse a alguém sobre as minhas lutas, imediatamente sentia como os seus sentimentos positivos sobre mim diminuíam. Como resultado, encontrava-me sempre tentando esconder minhas fraquezas e agindo como se nada me incomodasse. Mas essa falsa força era como uma represa que, depois de bastante pressão, um dia arrebentaria, afogando os outros e a mim mesmo em uma onda de depressão e palavras e ações ansiosas.

Fraquezas são universais

Quando comecei o tratamento, meu objetivo estava claramente definido: queria superar a depressão e a ansiedade um dia e acabar completamente com meus problemas emocionais. Não queria mais viver uma vida sobrecarregada por eles.

Para realizar o meu objetivo, fui às sessões de terapia semanais, tomei antidepressivos, e fiz a terapia funcionar por mim mesmo. Por meio desse processo, ao longo de um período de tempo de quatro anos, a minha depressão e ansiedade tornaram-se gerenciáveis o suficiente para que eu parasse com a medicação e a terapia. Esse processo representou uma vitória para mim.

No entanto, os episódios de depressão e ansiedade continuaram. Eles não eram tão prolongados e ferozes como haviam sido no passado, mas de vez em quando eu ainda era profundamente afetado por períodos de apreensão e melancolia. Mas esses episódios por si só não foram os responsáveis para o meu caminho às profundezas do desespero. Compô-los era o tormento amargo que, mesmo depois de anos do tratamento, eu ainda estava lidando com as emoções devastadoras.

Por que me sentia tão torturado? Acreditava que poderia mudar as coisas de que não gostava em mim mesmo, se eu quisesse. Pensei que poderia superar qualquer fraqueza com uma ética de trabalho incansável, mas esta situação prejudicou essas crenças. Apesar de todo o meu trabalho árduo, minha lutas emocionais não estavam totalmente resolvidas. Mesmo após anos de tratamento e melhorias constantes, continuei tendo episódios de depressão e ansiedade. Independentemente de toda a minha energia, tempo e esforço, minha batalha interna se alastrou.

Escrevi no meu diário uma vez: "Por que tenho que me sentir desta forma? Por que não posso ser normal e ter a mente de uma pessoa normal? Não posso escapar desta terrível parte do meu cérebro; para onde quer que eu corra, ela me acha".

Senti-me completamente sozinho, isolado por minhas imperfeições e fragilidades. Em comparação com as pessoas que eu admirava, as quais eram aparentemente perfeitas, inteligentes, fortes, bonitas, carismáticas, confiantes e infalíveis, eu era extremamente falho.

Mas eu não estava sozinho.

"Você acha que é o único que tem pontos fracos?", perguntou o técnico duas vezes campeão do Super Bowl, Mike Shanahan. "Todo mundo tem, inclusive eu."[1]

Do meu ponto de vista, foi uma confissão chocante, pois alguém tão realizado como Shanahan exemplificou o tipo de pessoa que eu acreditava estar livre de todos os tipos de deficiências. Considerando suas inúmeras conquistas (dezessete temporadas como técnico da NFL, duas vitórias do Super Bowl), a confiança sublime, a riqueza financeira e inúmeros prêmios, ele parecia ter nascido em um berço de ouro, predestinado a ter uma vida melhor do que alguém como eu.

Mas Shanahan não foi o único técnico de elite que admitiu ter fraquezas. Lendo as autobiografias de alguns dos técnicos mais talentosos da história do esporte, fiquei chocado ao descobrir quantas fraquezas, deficiências e falhas todos eles tiveram. O que foi ainda mais surpreendente era que todas essas pessoas que eu imaginava serem isentas de falhas pessoais, na verdade, sofriam de deficiências que eram tão graves e atormentavam tanto quanto as minhas.

Um exemplo é o técnico de futebol campeão nacional Bill McCartney, que disse: "Não tenho medo de dizer ao mundo que tenho uma luta contra o álcool, que tenho uma batalha com o meu temperamento, que eu enlouqueço sobre as coisas que são ditas e escritas sobre mim e minha família, que fazem um juízo de mim completamente diferente do que sou, me pergunto se vale a pena ter sentimentos de culpa".[2]

Nunca teria acreditado nas alegações de imperfeição sobre aqueles técnicos de elite, mas as confissões vieram dos próprios técnicos.

As franquezas de Shanahan e McCartney mostraram-me que, enquanto minhas fraquezas podem ser únicas para mim, todos nós temos uma infinidade de imperfeições. Todos nós temos coisas sobre as quais nos envergonhamos. Todos nós temos coisas que gostaríamos de mudar. Todos nós temos falhas que provam que somos mortais.

Havia me sentido inadequado a minha vida inteira e descobrir os pontos fracos desses técnicos ajudou a diminuir as minhas próprias inseguranças. Joe Torre, gerente da Série Mundial por quatro vezes, descreveu esta situação da melhor forma possível: "É como se todo mundo achasse que eles são os únicos que têm algo de errado com eles mesmos. É como se estivesse em um quarto escuro quieto, pensando que você está sozinho, mas uma luz se acende, e você vê que você está cercado por pessoas como você, que sentiam que estavam sozinhas também". [3]

Agora eu sabia que não era irremediavelmente deficiente por sofrer de depressão. Não era um perdedor por lutar contra a ansiedade.

Além do mais, eu não estava sozinho. Ao contrário, estava na companhia de grandes técnicos que, apesar da abundância de falhas pessoais, não eram fracos, não eram perdedores, não eram insuficientes, e as suas vidas não eram sem sentido. Se aqueles indivíduos realizados não eram inferiores, mesmo com as suas lutas internas, eu também não era.

As fraquezas não lhe definem

Enquanto os seus reconhecimentos de fraquezas me deram uma sensação de conforto, eu ainda sofria com a falta de otimismo sobre o meu futuro.

Para algumas pessoas, ter uma fraqueza ou predisposição específica é mais fácil de lidar, pois não interfere diretamente nos seus sonhos. Por exemplo, se alguém tem um problema de fala, mas o seu sonho é ser um engenheiro, sua dificuldade não inviabilizará severamente o seu sonho. Se uma pessoa tem um transtorno de ansiedade social, mas o seu sonho é ter sua própria empresa dentro de casa, sua dificuldade não prejudicaria gravemente o seu negócio.

Minhas dificuldades e lutas com depressão e ansiedade interferiram diretamente no caminho do meu maior sonho. A partir dos vinte anos de idade, queria me tornar um preparador físico mais do que qualquer coisa. Especificamente, queria estar no comando de equipes ou atletas individuais em grandes universidades de primeira divisão ou com uma equipe profissional. No entanto, desde o início, sentia que havia algo acontecendo contra mim. Nunca havia ouvido falar de um técnico universitário que sofresse de doenças mentais. Eu não era ingênuo o bastante para pensar que eles não existem, mas nunca vira ninguém sincero o suficiente para falar sobre isso publicamente, nenhuma evidência poderia ser produzida para mostrar-me que eu não estava sozinho.

Para mim, alcançar o meu sonho parecia improvável.

Senti as dificuldades que estavam empilhadas contra o meu trabalho em um nível de elite, não porque incluí o meu histórico de saúde mental no meu currículo, ou disse a um atleta que eu sofria de crises de depressão e ansiedade, mas porque eu tinha que me destacar em um campo que era necessário confiança, resistência mental, uma atitude positiva, paciência e capacidade de trabalhar sob condições estressantes sem entrar em pânico. Sabendo o quanto eu lutava com tudo isso, eu sinceramente não acreditava que poderia encontrar um lugar nos níveis mais altos da profissão. Os trabalhos e atletas que eu gostaria de treinar certamente prefeririam os técnicos que não tivessem dificuldades emocionais.

Os sentimentos de limitação sobre o meu futuro estavam no seu auge, na primavera de 2004, quando estava trabalhando como assistente do preparador físico da Universidade do Estado do Texas. Aquele abril, durante a minha folga de primavera (Spring Break), passei dois dias observando o programa de treinamento de fora de temporada dos Atlanta Falcons em Flowery Branch, Georgia. Não é necessário dizer que foi um grande momento para mim. Meu sonho sempre foi liderar esses atletas de elite, e essa seria a primeira vez que os veria bem de perto.

Em 4 de abril de 2004, após o meu primeiro dia de observação, escrevi no meu diário como foi emocionante ver os jogadores. No entanto, o meu entusiasmo não podia diminuir minhas dúvidas se eu, um dia, seria capaz de realizar os meus sonhos:

> Conheci Michael Vick, Jim Mora Jr., T. J. Duckett e o resto dos jogadores do Falcon. Quase todo mundo que eu esperava ver estava lá, e eu pude ajudar alguns dos caras e cumprimentá-los com um aperto de mão. Foi ótimo, mas também um pouco assustador. Embora tenha realizado o sonho de conhecer esses caras, tinha medo de ser a minha única oportunidade

de vê-los. Tudo o que eu queria naquele momento era ser capaz de trabalhar com aqueles atletas ao mais alto nível. Mas quantas centenas ou milhares de preparadores físicos adorariam aquela oportunidade? Um monte. E todos eles são, provavelmente, mais capazes do que eu por causa das minhas vulnerabilidades. Acho que eu nunca serei capaz, destinado que estou à mediocridade.

A partir daquela viagem, saí perguntando: *Por que eu ainda deveria ter grandes esperanças para o futuro? Por que trabalhar duro para alcançar o meu sonho? As fraquezas não são sinais do que posso fazer e o que o meu futuro me reserva, principalmente se minhas fragilidades conflitam diretamente com os meus sonhos? As pessoas não se destacam porque têm deficiências mínimas em uma determinada área e consequentemente têm menos obstáculos e contratempos? Então, como poderei treinar atletas de elite quando tenho tantos problemas emocionais?*

Pensei seriamente em desistir da carreira de técnico.

Minha graça salvadora veio quando comecei a ler sobre os meus modelos e como suas lutas se espelharam nas minhas próprias lutas. O que achei mais notável não foi o número de técnicos que não conseguiram alcançar os seus sonhos por causa de fraquezas e limitações, mas o número dos que se destacaram, apesar de tais obstáculos. Assim como eu, suas fraquezas e fragilidades fizeram suas viagens mais improváveis, mas não impossíveis.

Tive provas de que o meu futuro não estava determinado pelas minhas fragilidades e vulnerabilidades. Não estava condenado a uma vida de pouco impacto e miséria, como alguns quiseram me fazer acreditar e como a minha própria mente estava disposta a aceitar. Eu poderia ir além das minhas predisposições e alcançar minhas esperanças e sonhos.

SE FRAGILIDADES em conflito direto com os nossos sonhos verdadeiramente limitassem ou impedissem a sua realização, Sparky Anderson não poderia ter sido um líder de homens. Afinal, nenhum líder, especialmente no mundo viril dos esportes profissionais, jamais poderia ter um colapso emocional.

Anderson provou que essa suposição está errada no meio de sua temporada de 1989 com os Detroit Tigers, quando ficou emocionalmente abalado e sofreu um colapso nervoso. Suas lutas emocionais forçaram-no a deixar a equipe por três semanas. Mais tarde, ele escreveu o seguinte:

> Fui para casa para Thousand Oaks, Califórnia, por dezessete dias para me recuperar do que foi chamado de "exaustão". Eu estava exausto, esse foi o diagnóstico. Fisicamente não passaria por mais um dia. Porém, havia mais. Eu também estava mentalmente drenado. Meus nervos estavam baleados. Eu não conseguiria funcionar.[4]

Apesar do tormento emocional que às vezes atormentava, Anderson era um dos maiores gestores de beisebol. Ele ganhou três campeonatos nas Séries Mundiais, foi o primeiro técnico da história a ganhar uma Série Mundial nos Campeonatos Americanos e nas Ligas Nacionais, e aposentou-se com o terceiro maior número de vitórias na história da Liga Principal.

SE A VULNERABILIDADE em conflito direto com os nossos sonhos realmente determinasse e limitasse a sua realização, Darrell Royal teria sido incapaz de qualquer um dos seus maravilhosos triunfos. Afinal, para ser grande em qualquer coisa, não seria absolutamente necessário ser sereno, confiante em todos os momentos e impermeável a todas as dúvidas? Contudo, Royal era a antítese de um homem ideal. Royal admitiu,

> Sinceramente, invejo o técnico que consegue ser confiante na véspera de um jogo. Estou sempre com medo. Nunca tenho a sensação de que tudo está pronto, que a nossa equipe está realmente pronta para jogar o jogo. Sempre temos a preocupação de que há algo que deveria ter sido feito para completar a nossa preparação.[5]

Para ser grande em qualquer coisa e, especialmente, para se destacar no mundo pressurizado do futebol universitário de elite, com certeza seria um requisito ser casca-grossa, alheio ao escrutínio e não se incomodar com as avaliações duras dos outros. Contudo, Royal não era surdo aos julgamentos negativos e às línguas críticas dos outros. Ele disse: "Francamente, sou uma espécie de pessoa de pele fina e críticas me incomodam".[6]

Apesar de parecerem obstáculos significativos contra ele, Royal deu um bom programa à Universidade do Texas e a estabeleceu como uma das melhores do país. Em vinte temporadas dirigindo os Longhorns, Royal ganhou três campeonatos nacionais, doze campeonatos da conferência e produziu onze top-dez finais nacionais.

SE A FALTA de capacidade conflitasse direto com os nossos sonhos e realmente determinasse e limitasse a sua realização, Jon Gruden teria sido incapaz de ter excelência como técnico. Afinal de contas, as características que a maioria dos grandes técnicos parecem compartilhar incluem uma carreira com jogos importantes, aptidões especializadas, e uma presença poderosa. Gruden não tinha nada disso.

Em termos de ter uma carreira de jogos importantes, Gruden era bom o bastante apenas para jogar na Universidade de Dayton – a III Divisão da Escola. Mesmo lá, ele não era bom o suficiente para receber qualquer tempo de jogo significativo. Como Gruden explicou: "Em três anos tentei um total de quinze passes, completando seis das trinta e seis jardas com uma interceptação".[7]

Desde que Gruden carecia de uma carreira de jogador distinto, você presumiria qu ele atingiu a grandeza por meio da sua propensão para o jogo. Mas "quanto à parte de ter o prospecto de um bom técnico", Gruden mais tarde refletiu como ele embarcou em seu primeiro trabalho como técnico: "Eu era como sargento Schultz dos Heróis de Hogan. Eu não sabia nada".[8]

Pelo menos, se ele não tinha uma grande carreira como jogador ou intelecto elevado para o jogo, você pode achar que ele possuía uma grande presença e estatura imponente para liderar e inspirar as pessoas, certo? Mas ele não era assim.

Ele tinha um metro e setenta, cabelos loiros e um rosto sardento. Gruden, no mundo dos gigantes da NFL, não tinha a estatura ideal para um técnico. Ao conseguir o emprego de coordenador ofensivo com os Eagles em 1995, Gruden descreveu como seu jogador-estrela de dois metros de altura reagiu à sua estatura, ou melhor ainda, à falta dela:

> Cerca de três semanas após ter sido contratado, peguei um avião e voei para Las Vegas, onde Randall [Cunningham] e sua esposa tinham uma bela casa. Quando Randall abriu a porta, ele olhou para mim como se eu fosse o cara da piscina ou alguém que estava lá para limpar sua casa. "Eu sou Jon Gruden", eu disse. Randall começou a rir. "Você só pode estar brincando comigo, mano", disse ele. "Você só pode estar brincando comigo, cara." Até que se prove o contrário, acho que ele não acreditava que eu era qualificado para fazer muito mais do que entregar-lhe uma toalha e talvez um copo de água.[9]

Apesar de tudo, aparentemente, levar todos a desacreditá-lo e limitasse suas habilidades de técnico, Gruden alcançou sucesso fenomenal ainda muito jovem. Ele foi nomeado técnico dos Oakland Raiders com trinta e quatro anos de idade. Cinco anos mais tarde, em sua primeira temporada como técnico do Tampa Bay Buccaneers, Gruden se tornou o técnico mais jovem na história da NFL a vencer um Super Bowl.

Fraquezas podem ser bênçãos inesperadas

Enquanto as histórias desses técnicos me deram uma nova esperança e otimismo para o futuro, apesar de lidar com a depressão e ansiedade no presente, o fato desanimador que se manifestou ao longo do tempo era que eu ainda tinha essas vulnerabilidades na minha vida. Com o conforto e entusiasmo adquirido por meio da aprendizagem que eu não estava sozinho e murcho, escorreguei e voltei à minha mentalidade desolada familiar antiga.

Então, e se outras pessoas têm fragilidades e vulnerabilidades também? E se eu puder me sobressair apesar de elas existirem? Ninguém sabe o peso do fardo que tenho de carregar com a depressão e a ansiedade e quanto tormento me causam. Por que eu ainda tenho de sofrer com isso?

Ninguém jamais pode me dar uma resposta real. Geralmente me ofereciam um clichê, "*Deve haver uma razão*", mas ninguém nunca elaborou o que essa razão poderia ser. O sentimento que eu carregava era simplesmente que eu tinha questões debilitantes que precisavam ser exorcizadas para eu poder alcançar meus objetivos.

Mas e se eu nunca conseguisse superar totalmente os meus problemas emocionais e as minhas vulnerabilidades? Havia chegado tão longe e conseguido minimizá-las, mas elas ainda estavam lá. Pior ainda, meus terapeutas me disseram que provavelmente eu sempre teria de lidar com elas em diferentes graus ao longo da minha vida. Mais uma vez, eu me senti atormentado. *Como eu poderia realmente me sentir bem com a minha vida e comigo mesmo quando tinha essas deficiências aparentemente indomáveis?*

Pelos anos que se seguiram, essa pergunta foi a mais importante na minha mente e a fonte de tristeza constante no meu coração. Então, um dia me deparei com uma citação aparentemente banal que iniciou um espantosa cadeia de eventos. Em seu livro *Achieving* (*Atingir*), o técnico de futebol campeão nacional Lavell Edwards escreveu: "As normas restritivas que alguns pensam que são obstáculos são também um *plus*".[10]

Pensei: O que isso significa? Por que isso é importante?

Esta citação é mais bem explicada pela vida de Abraham Lincoln e de Winston Churchill. Embora esses dois exemplos estejam fora do tema da vida dos técnicos, eles foram muito poderosos e muito revolucionários em minha vida para deixar de incluí-los aqui.

NO LIVRO DE JOSUÉ Shenk, *Lincoln's Melancholy* (*A Melancolia de Lincoln*), o autor revela um paradoxo notável dentro de Abraham Lincoln. É fato inegável que Lincoln exibia resistência mental extrema, paciência e confiança no meio de um momento de crise nacional. Sua personificação da força classifica-o como um dos mais corajosos presidentes que os EUA já conheceram. No entanto, seu triunfo mental tinha contraste direto com as graves fragilidades psicológicas, as quais foram seladas durante toda a sua vida.

Shenk descreveu as lutas de Lincoln desta forma:

> Ele muitas vezes chorou em público e recitou poesia sentimental. Ele contou piadas e histórias em tempos estranhos, ele precisava dos risos, ele disse, para sua sobrevivência. Quando

jovem, ele falou em suicídio e, conforme envelhecia, ele disse que via o mundo tão duro e cruel, cheio de miséria, feito dessa forma por destino e pelas forças de Deus.[11]

O parceiro de lei de Lincoln, em meados dos anos 1840, William Herndon, disse, "Sua melancolia escorria conforme ele andava".

Lincoln, severamente atormentado e extremamente vulnerável, não recebeu muito alívio das suas lutas pela sua saúde mental durante a vida inteira: falhou duas vezes nos negócios, perdeu nove eleições, assistiu à separação de sete estados da União e passou por onze generais antes de finalmente nomear Ulysses S. Grant como general-chefe do Exército da União, o tempo todo supervisionando a guerra civil que custou 620 mil vítimas.

Como era possível para um homem tão atormentado mentalmente suportar enormes crises e ainda se tornar uma das maiores figuras da humanidade?

Surpreendentemente, Shenk concluiu:

> Seja qual for a grandeza alcançada por Lincoln, o triunfo sobre o sofrimento pessoal não pode ser explicado. Ao contrário, ele deve ser contabilizado como uma consequência do mesmo sistema que produziu esse sofrimento. Esta não é uma história de transformação, mas de integração. Lincoln não fez um grande trabalho por ter resolvido o problema de sua melancolia. O problema da sua melancolia era ainda mais combustível para o fogo do seu grande trabalho.[12]

SEMELHANTE A LINCOLN, Winston Churchill derivou sua grandeza de suas vulnerabilidades. Em maio de 1940, as forças alemãs de Adolf Hitler invadiram e conquistaram a França. Dois meses depois, a Alemanha declarou guerra contra a Grã-Bretanha. Liderando a resistência ao ataque de Hitler estava Winston Churchill. Identificação de força e coragem, Churchill reunia o povo britânico com discursos inspiradores e transmissões de rádio. Sua firmeza e oratória inspiradoras são creditadas por fortalecer a resistência britânica e frustrar os avanços de Hitler.

A liderança de Churchill durante as horas mais graves da Grã-Bretanha levaria-nos a pensar que a força emocional e o otimismo vieram naturalmente para ele. No entanto, Churchill não era imune de conflitos emocionais. Ele lutou contra a depressão a sua vida inteira. Em *Churchill's Black Dog, Kafka's Mice, and Other Phenomena of the Human Mind* (*O cachorro negro de Churchill, os ratos de Kafka e outros fenômenos da mente humana*), Anthony Storr fala sobre a frequente tristeza do Churchill: "O nome que ele mesmo dava para sua depressão era 'Black Dog', e o fato de que ele tinha um apelido mostra como esse sentimento era familiar e companheiro".[13] Storr ainda completou:

> Churchill nunca estava feliz a menos que estivesse totalmente ocupado, dormindo ou no controle. Ele não tinha nenhuma conversa fiada. É impossível imaginá-lo relaxando confortavelmente, ele tinha que ser perpetuamente ativo, ou então ele entraria em "momentos escuros de impaciência e frustração".[14]

Como era possível Churchill ser tão assombrado por tristeza e ainda ser tão firme e inspirador em um momento de máximo perigo? Storr respondeu a essa pergunta assim:

> Em 1940, todos os líderes políticos podem ter tentado reunir Grã-Bretanha com palavras corajosas, apesar de seus corações estarem cheios de desespero. Mas só um homem que havia conhecido e enfrentado desespero dentro de si poderia levar convicção naquele momento. Churchill era o tal homem, e era porque em toda a sua vida ele havia travado uma batalha com o seu próprio desespero que ele podia transmitir aos outros que o desespero pode ser superado.[15]

Prezo minhas imperfeições, mesmo lutando fervorosamente contra elas

As histórias de Lincoln e Churchill fornecem provas de que nossas maiores fraquezas podem ser ao mesmo tempo a base de nossas maiores conquistas se lutarmos incansavelmente para superá-las.

Por mais difícil que seja aceitar, todas as nossas imperfeições podem realmente se tornar plataformas de grande oportunidade se as canalizarmos corretamente. Para alguns de vocês, sei o quão irracional deve ser ler isso, mas não se esqueça de que eu desprezava e não via nada além do demônio nas minhas deficiências, principalmente nas minhas batalhas de saúde mental. Se alguém me tivesse dito, há alguns anos, que a depressão e a ansiedade viriam a ser os dois dos maiores bens da minha vida, teria rejeitado com veemência as suas afirmações. Mas hoje, com retrospectiva e perspectiva alimentada por Lincoln e exemplos de Churchill, posso ver que a depressão e a ansiedade têm sido as duas das minhas maiores bênçãos.

Curiosamente, percebi completamente essa importância no segundo semestre de 2007, quando alcancei um dos meus sonhos de técnico começando o meu próprio negócio, treinamento de atletas profissionais. Lá estava eu, finalmente, o meu próprio patrão, o meu próprio negócio, treinando atletas de elite que eu havia sonhado em treinar. No entanto, tudo o que eu conseguia pensar era o quão importante minhas lutas emocionais foram para eu chegar a esse momento culminante na minha vida.

Do ponto de vista da minha carreira de técnico, nunca teria imaginado que um dia contaria minhas lutas com a depressão e a ansiedade junto com as minhas maiores bênçãos. Tal pensamento nunca passou pela minha cabeça quando comecei minha carreira na Universidade do Estado do Texas ou quando visitei os Atlanta Falcons.

Afinal, havia passado toda a minha carreira profissional e vida querendo um dia realizar meus sonhos, apesar das minhas lutas. Queria ser capaz de dizer que eu havia feito isso, mesmo que tivesse sido sobrecarregado com um problema como a depressão. Com o meu novo negócio, percebi que havia realizado um sonho, não apesar de minhas imperfeições, mas por causa delas.

Não é minha intenção neste momento minimizar doenças mentais e limitações físicas ou minimizar os seus efeitos aflitivos. Eles são viciosos. Também não estou dizendo que você pode dar um suspiro de alívio e não fazer nada para lidar com as deficiências que lhe afligem, porque um dia elas vão provar ser bênçãos. Nada poderia estar mais longe da verdade. Como evidenciado pelas histórias de Churchill e de Lincoln, só jogando o desafio e desafiando suas deficiências, sem rendição interior, é que os benefícios de suas fragilidades finalmente virão à tona. Por isso, também depende de nós.

Com isso dito, esta é a lista mais fiel de sentimentos e fatos sobre como eu cheguei à conclusão de que a depressão e a ansiedade foram benéficas para a minha carreira de técnico. Sem dúvida, outros teriam uma opinião diferente, mas esta é a pura verdade.

MINHA TENDÊNCIA para analisar profundamente os outros e a mim mesmo é um produto direto de lutas com a depressão e ansiedade. Minha mente está sempre em um estado constante de avaliação e reflexão. Eu nunca paro de pensar em ações e inações, perguntando por que e, em seguida, por que não.

Embora me dissessem inúmeras vezes que eu "penso muito sobre as coisas", é por causa do meu pensamento profundo que tenho aprendido muito sobre os outros, sobre como as pessoas funcionam, como as pessoas pensam e como as pessoas se sentem. Ganhei uma maior compreensão sobre as motivações das pessoas e como reagem a diferentes circunstâncias. Isso tem me permitido encontrar soluções para os problemas, formular métodos de ensino mais eficazes e aumentar a produtividade dos atletas que treino.

Intensificado pela minhas ansiedades, levei isso a sério sempre que um atleta com quem trabalhei foi ferido, teve uma queda em seu desempenho ou falhou em uma competição. Muitos dias chegava a casa esmagado, sentindo que havia decepcionado um jogador ou uma equipe. Embora outros técnicos sempre me disseram que não deveria internalizar essas decepções, mas eu não conseguia evitar. Não conseguia me livrar do pensamento de que era a razão dos seus fracassos.

Tendo decepções tão pessoais me levaram a trabalhar muito mais para tornar os meus treinos melhores e mais eficazes. Minha sensibilidade me motivou a fazer o que fosse preciso para melhorar, para aprender mais, e para continuar a tentar compreender os assuntos de fisiologia, anatomia, biomecânica e os métodos de treinamento. Como resultado, meu projeto de treinamento melhorou e aprendi a ensinar corrida e levantamento mecânico melhor. Isso traduziu em melhorias drásticas no desempenho dos atletas, bem como a diminuição significativa do número de lesões.

Como parte das minhas lutas contra a depressão e a ansiedade, sempre fui hipersensível. Havia muito pouco do que eu não estivesse ciente e muito poucas coisas que não me afetavam. Ser tão sensível fez a vida difícil às vezes, mas também me fez bem ciente de todos os meus sentidos, linguagem corporal, e conseguia disfarçar meus verdadeiros sentimentos por trás do humor e falsa força. Como resultado, ganhei uma capacidade de decifrar os verdadeiros sentimentos de uma pessoa por meio das pistas sutis do seu comportamento e das ações sinalizadas, como seus olhos, sua postura, sua presença, sua reação; adquiri uma intuição sobre o que uma pessoa estava realmente falando e como estava se sentindo por trás de suas palavras – verdade, mentiras, medos, inseguranças.

Ser capaz de sentir os sentimentos não ditos e ver através da fachada de confiança das pessoas provou ser particularmente importante no trabalho com os universitários e atletas profissionais, pois esses atletas raramente mostram ou falam sobre suas vulnerabilidades, lutas e fraquezas; se eu não tivesse uma noção de que as emoções estavam fervendo sob a superfície, perderia a oportunidade de tratar os seus males. Consequentemente, os seus problemas apodreceriam e limitariam severamente suas produções, prejudicando-os nos momentos mais inoportunos.

Ao sentir esses problemas que normalmente passam despercebidos e não são resolvidos, minha atenção emocional ajudou os atletas a lidar com suas agitações internas. Como resultado, eles estavam livres para maximizar o seu potencial físico.

Tendo lidado com a depressão e ansiedade, sei o tormento interno que nossas mentes podem criar. Como resultado, a minha primeira preocupação é ajudar os outros a lidarem com suas angústias. Embora muitos dos atletas com quem lido não estão enfrentando a depressão e a ansiedade como eu estou, todos eles têm lutas de saúde mental todos os dias. Alguns caras têm baixa autoestima, alguns são petrificados pelo fracasso, alguns têm cicatrizes emocionais que carregam desde a infância, alguns são muito negativos e alguns são extremamente inseguros.

Enquanto quase todos os técnicos reconhecem que nada de bom pode acontecer fisicamente se a mente não está em ordem, encontrei muitos técnicos que não têm um desejo ou vontade de se envolver nessa área. Em contraste, eu aprecio a oportunidade.

Primeiramente, ouço os meus atletas o tempo que for necessário para entender como eles se sentem e por que se sentem assim. Em seguida, inicio o processo de melhoria de suas atitudes, reforçando sua confiança. Tendo lidado com a minha própria saúde mental, tenho um forte senso de como ajudar os outros com a sua. Entendo o quão debilitante certas palavras e comportamentos podem ser e fico longe delas. Em vez disso, crio um ambiente positivo com palavras positivas e apresento uma imagem física positiva. Demonstro situações que são propícias para a construção de confiança e desenvolvo um sentido de orgulho.

Focar tanto na mente pode parecer irrelevante e inconsequente, mas não é. Grande talento e força física provam irrelevância se um atleta não está com a mentalidade adequada para tirar proveito deles. Olhando para trás, vejo que a minha velocidade e os meus programas de treinamento e condicionamento físico aumentaram as capacidades dos meus atletas, mas foi também a minha compaixão e empatia com a saúde mental dos meus jogadores que melhorou suas carreiras realmente. Se eu não tivesse sofrido ou lidado com a depressão e a ansiedade, não teria tido o desejo ou os meios para fornecer aos atletas todo esse suporte.

COMO UMA PESSOA cujas inseguranças são profundas, sei o quão agonizantes são as fraquezas pessoais. Sei como é difícil olhar para as imperfeições e não ver nada de bom. Também tenho uma tendência a presumir que as minhas imperfeições são ruins, que as minhas fraquezas não têm propósito. Mas eu digo a vocês com toda convicção: não temos que ser comprometidos com as nossas fraquezas, mas fortalecidos por elas.

Digo isso até mesmo como as minhas maiores fragilidades e vulnerabilidades, a depressão e ansiedade permanecem; às vezes, um problema persistente e teimoso. No entanto, apesar das minhas lutas contínuas, não gostaria de trocar de lugar com ninguém.

Mantenho minhas queridas imperfeições, assim como luto fervorosamente contra elas.

EPÍLOGO

Este é um livro sobre os aspectos mais difíceis da condição humana – dor e sofrimento. Enquanto essas histórias podem educar, oferecer esperança e fornecer inspiração, lamento que não possam fornecer alívio perfeito para o seu presente sofrimento. Para isso, você deve olhar para dentro de sua própria alma, erguer sua espada e laboriosamente combater seus demônios.

Sei o quão difícil esse apelo à ação é quando você está cansado e ferido, e a última coisa que você quer fazer é lutar. Você acha que não aguentará nem mais um segundo dessa agonia. Você acredita que nada pode valer a pena em troca de tanta dor. Mas esses momentos de estar à beira de ceder e abrir mão de tudo são os momentos mais importantes de sua vida; eles são a razão pela qual escrevi este livro. Olhe novamente para estas páginas. Deixe que elas sirvam como um lembrete eterno de que você não está sozinho em sua luta prolongada e feroz para preencher o que está em seu coração. Deixe que sua luta brilhe como um farol de esperança que surgirá dessas grandes perturbações, mais forte, e não mais fraca.

Você pode pensar que é um caminho muito difícil e é precisamente por isso que você não consegue ir em frente. Você pode sentir que não é bom o bastante, não é forte o suficiente, que está sofrendo muito e que sua vida é irrelevante. Eu ouço o seu ceticismo, sou muito familiarizado com essas apreensões, mas elas não são corretas.

Olhe novamente para os indivíduos em capítulos anteriores. As pessoas que citei eram extremamente falhas, frágeis, sofriam muito e muitas vezes a vida lhes oferecia muito pouco. Elas venceram suas lutas e melhoraram suas vidas, não porque eles eram imunes à dor ou livre de reservas, mas porque escolheram lutar, apesar de sentir os impulsos para se renderem. Eles escolheram marchar adiante, mesmo estando com medo. Eles escolheram perseguir o que estava em seus corações, mesmo tudo parecendo impossível.

Tive experiências suficientes para saber que, se a dor é grave o bastante e seu sofrimento dura o tempo suficiente, você vai começar a acreditar que o mundo rejeitou você e que sua vida não tem sentido. Este livro é dedicado a refutar essa ideia. Não é a ausência de provas de fogo, mas sim as chamas duradouras de dor e seu ressurgimento a partir das cinzas que o fazem especial e dão sentido à sua vida.

Em vez de se sentir vitimado, sinta-se abençoado. Em vez de sentir-se deixado de lado, sinta-se escolhido para algo maior. Continue lutando, tenha paciência, e em breve você verá a beleza que nasce da dor.

NOTAS

Capítulo 1
1. LaVell, Edwards e Johnson, Floyd. *Achieving: A Guide to Building Self-Esteem in Young Men* (*Atingir: Um guia para a construção de autoestima em homens jovens*). Salt Lake City: Randall Book Co., 1985, 50.
2. Dooley, Vince e Barnhart, Tony. *Dooley: My 40 Years at Georgia* (*Meus 40 anos na Geórgia*). Chicago: Triumph Books, 2005, 125.
3. Parseghian, Ara e Pagna, Tom. *Parseghian and Notre Dame Football* (*Parseghian e o futebol de Notre Dame*). Garden City: Doubleday and Company, Inc, 1971, 298.
4. Mack, Connie. *My 66 Years in the Big Leagues* (*Meus 66 anos nas grandes ligas*). Philadelphia: John C. Winston Company, 1950, 21.
5. Gibbs, Joe e Jenkins, Jerry. *Joe Gibbs: Fourth and One* (*Joe Gibbs: Quarto e Um*). Nashville: Thomas Nelson Publi-

shers, 1991, 204. Reprodução autorizada. Todos os direitos reservados.
6. Parcells, Bill e Coplon, Jeff. *Finding a Way to Win: The Principles of Leadership, Teamwork, and Motivation* (*Encontre uma maneira de vencer: os princípios de liderança, trabalho em equipe e motivação*). New York: Doubleday, 1995, 15.
7. Ibid.
8. Holtz, Lou. *Winning Every Day: The Game Plan For Success* (*Vencer todos os dias: o plano do jogo para o sucesso*). New York: A Harper Business Book, 1998, 107.
9. Holtz, Lou. *Wins, Losses and Lessons* (*Vitórias, derrotas e lições*). New York: HarperCollins Publishers, 2006, 183.
10. Ibid., 187
11. McCartney, Bill e Diles, Dave. *From Ashes To Glory: Conflict and Victories on and Beyond the Football Field* (*Das cinzas à glória: conflito e vitórias além do campo de futebol*). Nashville: Thomas Nelson Publishers, 1990, 168. Reprodução autorizada. Todos os direitos reservados.
12. Calhoun, Jim and Montville, Leigh Montville. *Dare To Dream: Connecticut Basketball's Remarkable March to the National Championship* (*Desafio para sonhar: mês de março notável para a equipe de basquete de Connecticut ao Campeonato Nacional*). New York: Broadway Books, 1999, 222.
13. Gibbs, Joe e Asimakoupoulos, Greg. *Racing to Win Study Guide* (*Competindo para vencer o guia de estudo*). Sisters: Multnomah Publishers, 2002, 22.
14. Osborne, Tom. *Faith in The Game: Lessons On Football, Work, and Life* (*Fé no jogo: lições sobre futebol, trabalho e vida*). New York: Broadway Books, 1999, 115.

15. Auriemma, Geno e MacMullan, Jackie. *Geno: In Pursuit of Perfection* (*Geno: Em busca da perfeição*). New York: Warner Books, 2006, 259.

Capítulo 2
1. Atlas, Teddy e Alson, Peter. *Atlas: From the Streets to the Ring: A Son's Struggle to Become a Man* (*Atlas: das ruas para o ringue: A luta de um filho para se tornar um homem*). New York: HarperCollins, 2006, 156.
2. Billick, Brian e Peterson, James. *Competitive Leadership, Twelve Principles for Success* (*Liderança competitiva, doze princípios para o sucesso*). Chicago: Triumph Books, 200, 208.
3. Torre, Joe e Dreher, Henry. *Joe Torre's Ground Rules for Winners: 12 Keys to Managing Team Players, Tough Bosses, Setbacks, and Success* (*Regras básicas de Joe Torre aos vencedores: 12 chaves para administrar jogadores, chefes difíceis, contratempos e sucesso*). New York: Hyperion, 1999, 86.
4. Smith, Dean e Kilgo, John. *A Coach's Life* (*A vida de um técnico*). New York: Random House, 1999, 88.
5. Jackson, Phil e Delehanty, Hugh. *Sacred Hoops: Spiritual Lessons of a Hardwood Warrior* (*Ringue sagrado: lições espirituais de um guerreiro*). New York: Hyperion, 1995, 202.
6. Bryant, Paul e Underwood, John. *Bear: The Hard Life and Good Times of Alabama's Coach Bryant* (*Urso: a vida dura e os bons momentos do técnico do Alabama Bryant*). New York: Bantam Books, 1974, 89.
7. Károlyi, Béla e Richardson, Nancy. *Feel No Fear: The Power, Passion, and Politics of a Life In Gymnastics* (*Não sinta medo: poder, paixão e política de uma vida na ginástica*). New York: Hyperion, 1994.

8. Jones, K. C. and Warner, Jack. *Rebound (Repercussão)*. Boston: Quinlan Press, 1986, 65.
9. Riley, Pat. *The Winner Within: A Life Plan for Team Players (O vencedor dentro de você: um plano de vida para jogadores)*. New York: Berkley Books, 1993, 234.
10. Wooden, John e Jaminson, Steve. *Wooden: A Lifetime of Observations and Reflections on and off the Court (Wooden: uma vida de observações e reflexões dentro e fora da quadra)*. Chicago: Contemporary Books, 1997, 41.
11. Ibid., 42.
12. Walsh, Bill e Dickey, Glenn. *Building a Champion: On Football and the Making of the 49ers (Construindo um campeão: no futebol e na formação dos 49ers)*. New York. St. Martin's Press, 1990, 47.
13. Walsh, Bill e Billick, Brian. *Finding the Winning Edge (Encontrando a vantagem)*. Champaign: Sports Publishing Inc., 1998, 340.
14. Ibid., 25.

Capítulo 3

1. Dorrance, Anson e Averbuch, Gloria. *The Vision of a Champion: Advice and Inspiration from the World's Most Successful Women's Soccer Coach (A visão de um campeão: conselhos e inspiração do técnico mais famoso do futebol feminino)*. Ann Arbor: Huron River Press, 2002, 33.
2. Dundee, Angelo e Winters, Mike. *I Only Talk Winning (Eu só falo de vencer)*. Chicago: Contemporary Books, Inc., 1985, 274.
3. Bowden, Bobby e Smith, Bill. *More Than Just A Game (Mais do que um jogo)*. Nashville: Thomas Nelson Publi-

shers, 1994, 222. Reprodução autorizada. Todos os direitos reservados.
4. Gilbert, Brad e Kaplan, James. *I've Got Your Back: Coaching Top Performers from Center Court to the Corner Office* (*Você está coberto: treinando atletas de elite do centro da quadra ao escritório*). New York: Penguin Group, 2004, 42.
5. Calhoun, Jim e Montville, Leigh. *Dare To Dream: Connecticut Basketball's Remarkable March to the National Championship* (*Desafio para sonhar: mês de março notável para a equipe de basquete de Connecticut ao Campeonato Nacional*). New York: Broadway Books, 1999, 33.
6. Jackson, Phil e Rosen, Charley. *More Than A Game* (*Mais do que um jogo*), New York: Seven Stories Press, 2001, 239.
7. Ibid.
8. Torre, Joe e Dreher, Henry. *Joe Torre's Ground Rules For Winners: 12 Keys to Managing Team Players, Tough Bosses, Setbacks, and Success* (*Regras básicas de Joe Torre aos vencedores: 12 chaves para administrar jogadores, chefes difíceis, contratempos e sucesso*). New York: Hyperion, 1999, 138.
9. Torre, Joe e Verducci, Tom. *Chasing the Dream: My Lifelong Journey to the World Series* (*Perseguindo o sonho: minha jornada ao longo da vida para as séries mundiais*). New York: Bantam Books, 1997, 121.
10. Torre. *Ground Rules* (*Regras básicas*), 140.
11. Ibid.
12. Holtz, Lou. *Winning Every Day: The Game Plan for Success* (*Vencer todos os dias: O plano do jogo para o sucesso*). New York: A Harper Business Book, 1998, 126.
13. Brown, Mack e Little, Bill. *One Heartbeat: A Philosophy of Teamwork, Life, and Leadership* (*Uma batida do coração:*

uma filosofia de trabalho em equipe, vida e liderança). New York: Bright Sky Press, 2001, 151.
14. Ibid., 98.
15. Ibid., 123.
16. Jones, K. C. e Warner, Jack. *Rebound* (*Repercussão*). Boston: Quinlan Press, 1986, 132.
17. Ibid., 133.
18. Ibid., 138.
19. Ibid., 116.
20. Ibid., 38.

Capítulo 4
1. Bowden, Bobby e Dowden, Steve. *The Bowden Way: 50 Years of Leadership Wisdom* (*Da maneira do Bowden: 50 anos de sabedoria de liderança*). Atlanta: Longstreet Press, 2001, 224.
2. Bowden, Bobby e Smith, Bill. *More Than Just a Game* (*Mais do que apenas um jogo*). Nashville: Thomas Nelson Publishers, 1994, 87. Reprodução autorizada. Todos os direitos reservados.
3. Bowden, *The Bowden Way* (*Da maneira do Bowden*), 223.
4. Ibid., 194.
5. Taken from *Quiet Strength* by Tony Dungy. Copyright © 2007 (*Tomador por uma grande força*) por Tony Dungy. Reprodução autorizada pela Editora Tyndale House, Inc. Todos os direitos reservados.
6. Ibid., 268.
7. Ibid., 16.
8. Smith, Dean e Kilgo, John. *A Coach's Life* (*A vida de um jogador*). New York: Random House, 1999, 174.
9. Ibid., 251.

10. The Naismith Memorial Basketball Hall of Fame, "Hall of Famers: Dean Smith". (Memorial do Hall da Fama de Naismith, "O Hall da Fama: Deam Smith") Acessado em 6 de novembro de 2011. http://www.hoophall.com/hall-of-famers/tag/dean-e-smith.
11. Wooden, John e Jamison, Steve. *Wooden: A Lifetime of Observations and Reflections on and off The Court* (*Wooden: uma vida de observações e reflexões Dentro e Fora do Quadra*). Chicago: Contemporary Books, 1997, 82.
12. Billick, Brian e Peterson, James. *Competitive Leadership, Twelve Principles for Success* (*Liderança competitiva, doze princípios para o sucesso*), Chicago: Triumph Books, 2001, 218.
13. Knight, Bob e Hammel, Bob. *Knight: My Story* (*Knight: minha história*) New York: St.Martin's Press, 2002, 348.
14. Haskins, Don e Wetzel, Dan. *Glory Road: My Story of the 1966 NCAA Basketball Championship and How One Team Triumphed Against the Odds and Changed America Forever* (*Estrada de glória: minha história do Campeonato de Basquete da NCAA de 1966 e Como uma equipe triunfou contra todas as probabilidades e mudou a América para sempre*). New York: Hyperion, 2006, 198.
15. Herzog, Whitey e Pitts, Jonathan. *You're Missin' A Great Game: From Casey to Ozzie, The Magic of Baseball and How To Get It Back* (*Você está perdendo um grande jogo: de Casey a Ozzie, a magia do baseball e como recuperá-la*), New York: Simon & Schuster, 1999, 145.
16. Krzyzewski, Mike e Phillips, Donald. *Leading with the Heart: Coach K's Successful Strategies for Basketball, Business, and Life* (*Liderando com o coração: estratégias de su-*

cesso do técnico K para o basquete, trabalho e vida). New York: Warner Books, 2000, 224.
17. Enciclopédia dos Transtornos Mentais, Advameg, Inc., "Body dysmorphic disorder". ("Transtorno Dismórfico Corporal"). Acessado em 6 de novembro de 2011. http://www.minddisorders.com/A-Br/Body-dysmorphic-disorder.html.

Capítulo 5
1. Anderson, Sparky e Ewald, Dan. *"Sparky"*. New York: Prentice Hall Press, 1990, 245.
2. Landry, Tom e Lewis, Gregg. *Tom Landry: An Autobiography* (*Tom Landry: Uma Autobiografia*). Grand Rapids: Zondervan Publishing House, 1990, 158.
3. Stengel, Casey e Paxton, Harry. *Casey at the Bat* (*Casey na mira*). New York: Random House, 1962, 4.
4. Holzman, Red e Frommer, Harvey. *Red On Red* (*Vermelho no vermelho*). New York: Bantam Books, 1987, 48.
5. Lasorda, Tommy e Fisher, David. *The Artful Dodger* (*O astuto trapaceiro*). New York: Arbor House, 1985, 245.
6. Torre, Joe e Dreher, Henry. *Joe Torre's Ground Rules For Winners: 12 Keys to Managing Team Players, Tough Bosses, Setbacks, and Success* (*Regras básicas de Joe Torre aos vencedores: 12 chaves para administrar jogadores, chefes difíceis, contratempos e sucesso*). New York: Hyperion, 1999, 112.
7. Russell, Bill e Falkner, David. *Russell Rules: 11 Lessons On Leadership From The Twentieth Century's Greatest Winner* (*Regras do Russell: 11 lições sobre liderança dos maiores vencedores do século XX*). New York: Dutton, 2001, 224.

8. Summitt, Pat e Jenkins, Sally. *Reach For The Summitt: The Definite Dozen System for Succeeding at Whatever You Do* (*Alcance o ápice: o sistema definitivo do Dozen para obter sucesso no que se faz*). New York: Broadway Books, 1998, 246.
9. Gilbert, Brad e Kaplan, James. *I've Got Your Back: Coaching Top Performers from Center Court to the Corner Office* (*Você está coberto: treinamento dos atletas de elite da quadra ao escritório*). New York: Penguin Group, 2004, 162.
10. Broyles, Frank e Bailey, Jim. *Hog Wild*. Memphis: Memphis State University Press, 1979, 158.
11. Stallings, Gene e Cook, Sally. *Another Season: A Coach's Story of Raising an Exceptional Son* (*Outra temporada: a história de um técnico criando um filho excepcional*). Boston: Little, Brown and Company, 1997, 186.
12. Brown, Paul e Clary, Jack. *PB: The Paul Brown Story* (*A história de Paul Brown*). New York: Atheneum, 1980, 288.

Capítulo 6

1. Gibbs, Joe e Jenkins, Jerry. *Joe Gibbs: Fourth and One* (*Joe Gibbs: Quarto e Um*) Nashville: Thomas Nelson Publishers, 1991, 271. Reprodução autorizada. Todos os direitos reservados.
2. Wooden, John e Tobin, Jack. *They Call Me Coach* (*Chamam-me de técnico*) Chicago: Contemporary Books, 1988, 94.
3. Dungy, Tony e Whitaker, Nathan. *Quiet Strength* (*Força Tranquila*). Carol Stream: Editora Tyndale House, Inc., 2007, 150.

4. Wooden, John e Jamison, Steve. *Wooden: A Lifetime of Observations and Reflections On and Off The Court* (*Uma vida de observações e reflexões dentro e fora da quadra*). Chicago: Contemporary Books, 1997, 95.
5. Ibid.
6. Ibid., 96.
7. Auerbach, Red e Dooley, Ken. *MBA Management By Auerbach: Management Tips from the Leader of One of America's Most Successful Organizations* (*Dicas de Gestão de um Líder de Uma Das Organizações Mais Famosas da América*). New York: Macmillan Publishing Company, 1991, 48.
8. Wilkens, Lenny e Pluto, Terry. *Unguarded: My Forty Years Surviving in the NBA* (*Meus quarenta anos sobrevivendo na NBA*). New York: Simon & Schuster, 2000, 291.
9. Auerbach, 47.
10. McCartney, Bill e Diles, Dave. *From Ashes to Glory: Conflict and Victories On and Beyond the Football Field* (*Das cinzas à glória: conflito e vitórias no Campo de Futebol e Além Dele*) Nashville: Thomas Nelson Publishers, 1990, 106. Reprodução com permissão. Todos os direitos reservados.
11. Jackson, Phil e Arkush, Michael. *The Last Season: A Team In Search of Its Soul* (*A última temporada: uma equipe em busca de sua alma*). New York: The Penguin Press, 2004, 17.
12. Auerbach, Red e Feinstein, John. *Let Me Tell You A Story: A Lifetime in the Game* (*Deixe-me lhe contar uma história: uma vida em jogo*). New York: Little, Brown and Company, 2004, 277.
13. Ibid.

14. Tarkanian, Jerry e Pluto, Terry. *Tark: College Basketball's Winningest Coach* (O técnico mais vitorioso do basquete universitário). New York: McGraw-Hill Publishing Company, 1988, 136.
15. Krzyzewski, Mike e Spatola, Jamie K. *Beyond Basketball, Coach K's Keywords For Success* (Além do basquetebol, as palavras-chave do treinador K para o sucesso). New York: Warner Books, 2006, 38.

Capítulo 7
1. Calhoun, Jim e Ernsberger Jr., Richard. *A Passion To Lead: Seven Leadership Secrets for Success in Business, Sports, and Life* (Uma paixão para liderar: sete segredos de liderança para o sucesso nos negócios, esportes e vida). New York: St. Martin's Press, 2007, 16.
2. Johnson, Jimmy e Hinton, Ed. *Turning the Thing Around: Pulling America's Team Out Of The Dumps – And Myself Out of the Doghouse* (Virando o jogo: retirando a equipe da América para fora dos lixões – E me tirando da casa do cachorro). New York: Hyperion, 1993, 141.
3. Knight, Bob e Hammel, Bob. *Knight: My Story* (Cavaleiro, minha história). New York: St.Martin's Press, 2002, 157.
4. Shula, Don e Sahadi, Lou. *The Winning Edge* (À beira da vitória). New York: E. P. Dutton & Co., Inc, 1973, 87.
5. Ibid.
6. Ibid., 106.
7. Ibid., 201.
8. Osborne, Tom. *Faith In The Game: Lessons On Football, Work, and Life* (Fé no Jogo: Lições sobre Futebol, Trabalho e Vida). New York: Broadway Books, 1999, 29.

9. Saban, Nick e Curtos, Brian. *How Good Do You Want To Be?* (*Quão Bom Você Quer Ser?*). New York: Ballantine Books, 2007, 54.

Capítulo 8
1. Shanahan, Mike e Scheftner, Adam. *Think Like A Champion* (*Pense como um campeão*). New York: Harper Negócios, 1999, 69.
2. McCartney, Bill e Diles, Dave. *From Ashes to Glory: Conflict and Victories On and Beyond the Football Field* (*Das cinzas à glória: conflito e vitórias no campo de futebol e além dele*). Nashville: Editora Thomas Nelson, 1990. Reprodução autorizada. Todos os direitos reservados.
3. Torre, Joe e Verducci, Tom. *Chasing The Dream: My Lifelong Journey to the World Series* (*Caçando o sonho: minha jornada ao longo da vida nas séries mundiais*). New York: Bantam Books, 1997, 34.
4. Anderson, Sparky e Ewald, Dan. *Sparky* (*Faísca*). New York: Prentice Hall Press, 1990, 2.
5. Royal, Darrell e Sherrod, Blackie. *Darrell Royal Talks Football* (*Darrell Royal fala de futebol*), Englewood Cliffs: Prentice-Hall, Inc, 1963, 186.
6. Ibid., 207.
7. Gruden, Jon e Carucci, Vic. *Do You Love Football?: Winning With Heart, Passion & Not Much Sleep* (*Você ama futebol? Ganhar com coração, paixão e sem dormir muito*), New York: Harper Collins Publishers, 2003, 49.
8. Ibid., 58.
9. Ibid., 144.
10. Edwards, LaVell e Johnson, Floyd. *Achieving: A Guide to Building Self-Esteem in Young Men* (*Atingir: um guia para

a construção de autoestima em homens jovens). Salt Lake City: Randall Book Co., 1985, 55.
11. Trecho da Melancolia de Lincoln: *How Depression Challenged a President and Fueled His Greatness* (*Como a depressão desafiou um presidente e alimentou sua grandeza*), por Joshua Lobo Shenk. Copyright © 2005. Reprodução autorizada pela Editora Houghton Mifflin Harcourt. Todos os direitos reservados.
12. Ibid., 156.
13. Storr, Anthony. *Churchill's Black Dog, Kafka's Mice, and Other Phenomena of the Human Mind* (*O cachorro preto de Churchill, os ratos de Kafka e outros fenômenos da mente humana*). New York: Ballantine Books, 1990, 5.
14. Ibid., 37.
15. Ibid., 5

SOBRE O AUTOR

William Prescott tem treinado atletas juniores, universitários e profissionais durante os últimos dez anos. Sua carreira começou na Universidade do Estado do Texas (2001-2005), onde ajudou a treinar atletas universitários para três campeonatos de conferências e duas aparições no Torneio da NCAA.

Após a Universidade do Estado do Texas, Prescott serviu como preparador físico para a Afiliação Tripla dos Houston Astros. Ele fazia parte de uma equipe que desenvolveu vinte e quatro jogadores da Liga Principal, três estrelas triplas A e o arremessador da Liga da Costa Pacífica do Ano.

Em 2006, Prescott tornou-se o preparador físico da Universidade de Nova Orleans. Em apenas um ano, Prescott causou um impacto imediato em um departamento de atletismo devastado, ajudando a mehorar todos os esportes, culminando com o time de beisebol Privateer ganhando uma vaga regional na NCAA.

Em 2007, Prescott começou sua própria empresa de consultoria privada, treinando atletas de primeira linha. Em apenas quatro anos, Prescott já ajudou no desenvolvimento de oito jogadores da Liga Principal de Baseball, sete estrelas da Liga Menor, o jogador nacional de arremesso mais valioso e atletas universitários em potencial.

Prescott é Bacharelado em Ciência de Exercício e Ciência do Esporte pela Universidade do Estado do Texas (2003) e obteve seu Mestrado em Educação em Esportes e Gestão de Lazer pela Universidade do Estado do Texas em 2005. Ele e sua esposa, Katie Ann, residem em Georgetown, Texas.

Atletas profissionais treinados:
Anderson, Drew – Organização dos Houston Astros
Campbell, Adam – Organização dos Florida Marlins
Chen, Bruce – Kansas City Royals
Clevlen, Brent – Detroit Tigers
Daigle, Casey – Houston Astros
Danks, John – Chicago White Sox
Danks, Jordan – Organização dos Chicago White Sox
Epping, Mike – Liga da Fronteira de Baseball Profissional
Gibbs, Micah – Organização do Clube de Chicago
Gordon, Brian – Texas Rangers; New York Yankees
Joseph, Donnie – Organização dos Cincinnati Reds
Langerhans, Ryan – Seattle Mariners
McKeller, Ryan – Organização dos Houston Astros
Puffer, Brandon – Organização dos Texas Rangers
Ramos, Dominic – Organização do Boston Red Sox
Ransom, Cody – Houston Astros
Rhoades, Chad – Organização do Boston Red Sox
Saccomanno, Mark – Houston Astros
Tarnow, Josh – Organização do Baltimore Orioles
Walker, Brandt – Organização dos Houston Astros

Zaleski, Kristen – Arremessador Nacional Profissional
Zinter, Alan – Organização dos Houston Astros
Walker, Brandt – Organização dos Houston Astros
Zaleski, Kristen – Arremessador Nacional Profissional
Zinter, Alan – Organização dos Houston Astros

* * *

Leia Magnitudde

Romances imperdíveis!

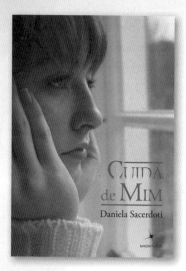

Cuida de mim
Daniela Sacerdoti

A vida de Eilidh Lawson está passando por uma séria crise. Após anos de tratamentos fracassados para engravidar, da traição de seu marido e de lidar com sua família egoísta, Eilidh entra em uma depressão profunda e fica sem chão. Desesperada e sem forças, ela busca amparo e conforto em uma pequena vila ao Norte da Escócia, onde reencontra pessoas queridas e uma vida que havia ficado para trás. Quando tudo parece perdido, Eilidh redescobre o amor pelo ser humano e por si própria e, então, coisas estranhas e forças sobrenaturais começam a aparecer. Com a ajuda de uma alma amiga, alguém que se foi, mas que mesmo assim quer ajudá-la a lutar contra os egos e os medos, Eilidh encontra seu verdadeiro amor.

Meu querido jardineiro
Denise Hildreth

O governador Gray London e Mackenzie, sua esposa, realizam o sonho de ter uma filha, Maddie, após lutarem por dez anos. Mas uma tragédia leva a pequena Maddie e desencadeia uma etapa de sofrimento profundo para Mackenzie. Quem poderia imaginar que uma luz surgiria do Jardim, ou melhor, do jardineiro? Jeremiah Williams, jardineiro por mais de vinte e cinco anos no Palácio do Governo do Tennessee, descobre que seu dom vai muito além de plantar sementes e cuidar de árvores. Trata-se de cuidar de corações. Com o mesmo carinho e amor que cuida das plantas, ele começa a cultivar e quebrar a parede dura em que se transformou o coração de Mackenzie, com o poder do amor e das mensagens passadas por Deus.

Leia Magnitudde

Reflexão e meditação

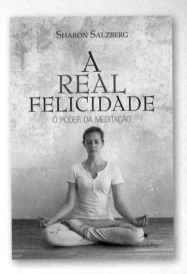

Uma questão de vida e morte
Karen Wyatt

Uma abordagem humana e comovente sobre como lidamos com os sentimentos de perda, luto e pesar, especialmente aqueles que nos acometem quando vivenciamos a morte de um ente querido. A Dra. Karen M. Wyatt parte de um profundo trauma pessoal, o suicídio do próprio pai, para empreender uma viagem literária de sabedoria e compaixão por seus semelhantes. Como se fora uma conselheira, às vezes uma confidente, ela estimula o leitor a encontrar forças para percorrer o duríssimo trajeto até a cura, sempre oferecendo uma palavra de consolo e encorajamento, lembrando-o da grandiosidade e da beleza da vida, impedindo-o de desistir no meio do caminho com as suas observações luminosas, que exaltam a temperança e a fé.

A real felicidade
Sharon Salzberg

A Real Felicidade traz um programa que visa a explorar, de maneira simples e direta, todo o potencial da meditação. Baseada em tradições milenares, estudos de casos, relatos de alunos e também em modernas pesquisas neurocientíficas, a autora Sharon Salzberg auxilia os leitores no desenvolvimento da reflexão, da consciência e da compaixão, instruindo-os em um leve passo a passo, durante um mês, rumo à descoberta de quem realmente são e por que estão aqui. Ideal tanto para os meditadores iniciantes quanto para os mais experientes.

Leia Magnitudde

Saúde e bem-estar

A solução para a sua fadiga
Eva Cwynar

Este livro ensina como manter a energia e a vitalidade. Mostra como os hormônios afetam o corpo e o que deve ser feito para equilibrá-los, evitando as famosas oscilações hormonais que esgotam a nossa energia e prejudicam a nossa saúde. A Dra. Eva Cwynar, mundialmente conhecida por seu trabalho com reposição hormonal, menopausa feminina e masculina, disfunção da tireoide, emagrecimento e superação da fadiga, apresenta aqui oito passos que podem nos trazer longevidade e qualidade de vida.

Como dizer sim quando o corpo diz não
Lee Jampolsky

Independentemente de idade ou gênero, em algum momento de nossa vida podemos nos ver diante do que o experiente psicólogo e escritor Lee Jampolsky classifica como problemas de saúde. Não importa o tipo de problema; quer seja uma simples dor nas costas, um distúrbio emocional, ou até mesmo uma doença mais grave, o fato é que, para encontrar a felicidade e o bem-estar, todos nós estamos suscetíveis a enfrentar obstáculos impostos por nosso próprio corpo. Levamos você a encontrar a liberdade, a saúde, o crescimento e a solidez espiritual mesmo na presença do problema físico/emocional mais difícil, auxiliando-o a tornar-se uma pessoa mais feliz, forte e humana que verdadeiramente sabe Como dizer sim quando o corpo diz não.

Leia Magnitudde

Autoconhecimento

Através dos olhos do outro
Karen Noe

Como médium, Karen Noe frequentemente recebe mensagens de arrependimento – entes queridos falecidos comunicam-se dizendo que agora entendem que deveriam ter dito ou feito coisas de formas diferentes quando ainda estavam na Terra. Neste livro, a autora nos mostra que não é preciso morrer para iniciar uma revisão de vida. Devemos fazê-la agora mesmo, antes que seja tarde demais. Escrevendo diferentes tipos de cartas podemos enxergar melhor como afetamos a todos que passam por nosso caminho. Assim, Karen nos traz sua jornada pessoal, mostrando como a sua própria vida se transformou depois que ela passou a escrever cartas aos seus entes queridos. Esta obra é um guia que vai lhe mostrar como escrever essas cartas.

Arquétipos – quem é você?
Caroline Myss

Nenhum de nós nasce sabendo quem é ou por que somos do jeito que somos. Temos de procurar por esse conhecimento de maneira intensa. Uma vez que a curiosidade sobre si mesma é acionada, você inicia uma busca pelo autoconhecimento. Você é muito mais do que a sua personalidade, seus hábitos e suas realizações. Você é um ser infinitamente complexo, com histórias, crenças e sonhos – e ambições de proporções cósmicas. Não perca tempo subestimando a si mesmo. Use a energia do seu arquétipo para expressar o verdadeiro motivo de sua existência. Viver nunca significou não correr riscos. A vida deve ser vivida em sua plenitude.

Leia Magnitudde

Espiritualismo e autoajuda

Um lugar entre a vida e a morte
Bruno Portier

Anne e Evan estão na aventura que sempre sonharam, completamente apaixonados, e viajando pela Cordilheira do Himalaia. O que eles não previam é que uma terrível tragédia iria acabar com seus planos e enviá-los para caminhos totalmente distintos. Uma história de aceitação, uma jornada emocional e espiritual, em que a mente se abre para a possibilidade efetiva de que esta vida que conhecemos não é a única, e que a morte não é o fim de tudo. Inspirado em O Alquimista, de Paulo Coelho, e Jonathan Livingston Seagull, de Richard Bach, o autor explora questões profundas sobre a vida, a morte e o amor.

O Desejo
Angela Donovan

O livro trabalha com o ideário de que pensamentos são desejos disfarçados, e que precisamos desejar algo na certeza de que teremos sucesso para que o êxito realmente aconteça. Ao todo, são 35 capítulos curtos que compõem um passo a passo e explicam como: entender os desejos e o amor, afastar o pensamento negativo, atentar-se para o uso das palavras corretas, adquirir autoconfiança para projetar uma imagem melhor, lidar com os medos, descobrir o papel de nossa vida, compreender a herança genética, alcançar equilíbrio, cuidar do coração, direcionar as intenções, concentrar-se no presente, aumentar a força, dar para receber, ser mais determinado, grato etc.

Vivendo com Jonathan
Sheila Barton

Sheila Barton, mãe de três filhos, sendo um deles autista, conta sua vida, desde o nascimento dos seus filhos até os diagnósticos médicos, os tratamentos errados, as pessoas preconceituosas e o mundo para criar seu filho autista da melhor forma possível. Jonathan é um menino amoroso, feliz, compreensivo e diferente. Suas enormes dificuldades de aprendizado fizeram com que Sheila se esquecesse de tudo o que já ouviu falar sobre crianças e aprendesse a viver de um modo diferente, aprendesse a ser uma mãe diferente. É uma história humana, que vai fazer você entender melhor as pessoas e a vida.

Leia Magnitudde

Mundo animal

Seu cachorro é o seu espelho
Kevin Behan

Em *Seu cachorro é seu espelho*, o famoso treinador de cães Kevin Behan propõe um radical e inédito modelo para a compreensão do comportamento canino. Com ideias originais e uma escrita cativante, o livro está destinado a mudar completamente a maneira de se ver o melhor amigo do homem. O autor usa toda a sua experiência para forçar-nos a uma reflexão de quem realmente somos, o que os cães representam em nossa vida, e por que estamos sempre tão atraídos um pelo outro. Fugindo das teorias tradicionais, que há anos tentam explicar as ações dos cachorros, Behan traz à tona a ideia de que as atitudes caninas são movidas por nossas emoções. O cão não responde ao seu dono com base no que ele pensa, diz ou faz. O cão responde àquilo que o dono sente. Este livro abre a porta para uma compreensão entre as espécies e, talvez, para uma nova compreensão de nós mesmos.

GRÁFICA PAYM
Tel. (11) 4392-3344
paym@terra.com.br